朝日新書
Asahi Shinsho 827

諦めの価値

森　博嗣
MORI Hiroshi

JN053062

朝日新聞出版

まえがき

「諦めるな!」と怒鳴られて

「諦めるな、頑張るんだ!」という台詞《せりふ》は、人を激励する応援の言葉として、誰もがなんの躊躇《ためら》いもなく使っているはずだ。僕自身は、あまり言われたことがないけれど、「根性もの」と呼ばれる漫画やドラマでは、怒鳴りつけるような迫力で、この言葉を相手に投げつける。これを聞いた方も、歯を食いしばって、再び立ち上がるのだ。まあ、ドラマだから、こんなものでしょう。

だいぶ時代が古いかもしれない。今は、もっと優しく指導するだろうし、もっと相手を煽《おだ》てるような言葉が好まれるだろう。たとえば、「自分を信じるんだ」「君の才能はこんなものじゃない」などである。僕は、言われたことがないけれど……。

そういった人間ドラマは、この際どうでも良い、と僕は考えている。僕は「諦めるな」と人から言われたことがない、と書いたが、もしかしたら、あったかもしれない。少なくとも、覚えていないことは確かだ。

そもそも、僕は諦めたことがあるだろうか。五秒間ほど考えてみたのだが、心当たりがない。諦めるって、どんな状況をいう言葉だろうか。やらないと決めるだけでは、諦めたとはいわない。作業の途中で放り出すこと？　少し違う気もする。

よくわからない。したがって、自分から「諦める」ことについて文章を書こうとか、考え直そうとか、そんなことは、これまで思いもしなかった。

どのように「諦める」のか？

この本は、既に僕に二冊の新書を書かせた辣腕《らつわん》編集者が、「森先生は、どのように諦めるのか、その気持ちの切り替え方のようなアドバイスを書いてほしい」と提案してきたので、しかたなく（もしかして諦めて）書いたものだ。たしか、二〇一九年の春のことだから、この本の発行までには約二年半もかかっている。だが、これを書いている今は、二〇二一年一月なので、正確には一年九カ月ほどまえの依頼だった。

彼女（その辣腕編集者）が言うには、「世の中の人は、どこかで挫折《ざせつ》を味わう。年齢を重ねたときに、夢が叶わないと諦めることになる。そのときに、どう自分と向き合うのか、つまりどのように諦めるのか、という理屈がほしい」とおっしゃっていた。

仕事でなら「諦めた」ことがある

そこで今一度振り返ってみれば、たしかに、仕事でならば何度も諦めたことがあった。しかし、仕事以外では、僕は執念深い人間なのか、諦めるようなことがなかったように自覚しているのだ。これは、何故だろうか？

まず考えられる理由は、仕事には時間制限があるからだ。一般に、どんな仕事でも期限というものが設定されている。その中で自分にできるかぎりのことをするわけだが、結局は、その〆切にしたがって、なんらかの見切りをつけるしかなくなる。つまり、諦めて「完成しました」と成果を差し出すことになる。だから、仕事には「諦め」がつきもの、あるいは必要といえる。諦めないと、ずるずるといつまでも作業に拘《こだわ》ることになり、「〆切が守れないやつ」というレッテルが貼られ、信頼を失うだろう。

また、自分の生活においても、他者との共同作業が多々あるはずだ。特に、家庭を持っていたり、ある地域内で協調を求められたり、といった場合、約束、マナー、ルール、仕来《しきた》りなどに制限され、自分勝手なことをしていると反感を買い、酷い目に遭う。だから、自分は本当はこうしたいのだ、と考えていても諦める必要が当然ある。

それでも、それは人生のすべてではない。つまり他者に関わりのない時間においては、いちおう自分が思うとおりにできるはずだ。犯罪行為や他者に迷惑をかけるようなことは避けなければならないが、自分の楽しみの範囲であれば、誰にも文句を言われる筋合いではない。

自分の時間ならば、我慢をする必要もないから、なにかやりたいことに向かって、思うとおりに突き進むことができるはずである。この場合は、「諦め」とは無縁だといえる。諦める必要はない。ただ、自分で納得して、諦めた方が有意義だと判断したときに限っては、諦めても良いだろう。絶対に諦めるな、という道理はない。違いますか?

それは、「諦めた」といえるのか?

さて、「諦める」ことについて、もう一つ僕が常々感じることがある。それは、世間一般の人たちが、口では「諦めた」と言うわりに実際には諦めていない、という観察である。なにしろ、「もうあれは諦めた」と何度もおっしゃるのだ。

諦めたなら、その話はやめたらどうか、と僕は思うけれど、たいていは黙って話を聞いている。僕は人の話を聞くことが比較的好きだ。人間というものを観察することが趣味だといっても良いレベルである。

話を聞いてるうちに判明するのは、その「諦めた人」が何を諦めたのかというと、「憧《あこが》れる」ことを諦めたにすぎない。そういう場合がほとんどである。つまり、「思う」

ことを諦めただけなのだ。

僕は、その程度の行為は「諦めた」に含まれない、と考える。「諦める」とは、なんらかの作業を途中で止めざるをえない、と判断することだ。とことん考えて、綿密に計画を立てたものを断念するのなら、「諦める」ということができる。ただ「やりたいなあ」と憧れているだけの段階では、「諦める」ことはできない、と僕は考える。

ようするに、「諦めた」と口にする人の大半は、諦めるほどのレベルに達していない。もしかして、だからいつまでも「諦められない」状況が続き、未練がましくなっているのではないか、とも分析できる。

趣味では「諦め」なくても良い

ここで、つい最近、僕が没頭していた作業について書こう。

昨年（二〇二〇年）の秋の話である。実は一五年ほどまえから、ずっと庭に小屋を建てたかった。ちょうどＤＩＹ（自作）のキットハウスが流行り始め、かなりの部分が工場で作られたパーツを、プラモデルのように組み立てるだけの製品が、雑誌などで沢山紹介され始めた頃だ。その中から「これはデザインが良いな」と感じられたガゼボ（展望小屋）に候補を絞り込んだ。

それ以来、ずっと頭から消えることはなかったのだが、なにしろいろいろな工事に明け暮れる趣味生活を送っている。庭園鉄道といって、人が乗れるサイズのミニチュア鉄道を建設する工事がメインだが、それ以外にも、ラジコン飛行機を作って飛ばすし、ジェットエンジンの実験もするし、最近ではヘリコプタも作っている。この一五年で、庭園鉄道の線路の総延長は五〇〇メートルを超えた。飛行機は三〇機以上、ヘリコプタも二〇機ほど製作した。

これらをすべて、僕一人で行っている。誰かに手伝ってもらったことはない。工作だけではない、庭園内の草刈りや落葉掃除などにも大変な労力を要する。落葉の量は、一年で四トントラック二〇台分ほどにもなる。これを複数のドラム缶で焼却している。全部、僕一人で実施している。それ以外にも、沢山の小さな工作を毎日している。本当に忙しい。だが、楽しいのでやめられない。

こうした忙しさについかまけて、ガゼボの建設はのびのびになっていた。しかし、「諦めた」わけではない。いくらでもさき伸ばしにできる。趣味に〆切はないのだ。ようやく庭園鉄道の工事が一段落し、また落葉掃除もドラム缶を七基まで増設し効率化を図ったおかげで、最初の頃より三分の一の時間で終わるようになった。つまり、こうして時間を作り出すことに成功したのである。

自分一人でやることを諦めない

ガゼボのキットはアメリカ製だったので、発注してから到着するまでに三カ月ほどかかった。僕の庭園に荷物が届いたのは、昨年の一一月のこと。その総重量は約六〇〇キロだった。ただ、パーツとして最も重いものは四〇キロ程度なので、大人が二人いれば運ぶことができる。

最初の難関は、小屋の床を基礎に設置する工事だった。床は三分割されたパーツで構成される。一つが四〇キロだから、奥様（若い頃に苦労をかけた後ろめたさから、あえて敬称を使用）にお願いして手伝ってもらい、トラックがクレーンで荷降ろしした場所からパーツ一つずつを、工事する現場までの三〇メートルほど運ぶことができた。

組立て説明書によると、床の三つのパーツを裏側で木ネジで固定したのちに裏返す、とあった。床の大きさは三メートル四方ほどである。だが、三つを接続したら重量は一二〇キロになる。これをどうやって裏返すのか？

ここで、二日ほど考えた。庭園は森の中にあるので、周囲の大木にロープを渡し、ウインチで引っ張るなどして、三メートルの床の片側を持ち上げ、裏返しにできるだろうか。しかし、それを実行する人間は僕一人しかいない。奥様は、三〇メートル運ぶための五分間の労働を、一日に二回頼むだけで、人間関係の限界である。

どう考えても危険が伴う。裏返すために一度は立てる必要があるが、これが倒れたら大惨事だ。自分一人で作ることを「諦める」ならば、話は簡単である。建築屋に頼んで、職人さんにやってもらえば良い。お金はかかるが大した額ではないだろう。

しかし、人に頼むのなら、最初から全部頼めば良い話であり、それでは、僕がやりたいことが台無しになる。僕は、それを自分で作りたいのだから。

普通の「方法」を諦める

そこで考えたのは、裏返しにする方法を「諦める」ことだった。土台に三つの床パーツをのせて、僕が床下に潜り込んで木ネジで固定する、という新手法を考案した。基礎のコンクリートは自分で作ったし、地面は傾斜しているので、低い側からなら、どうにか人間が腹這いで入ることができる。木ネジはあらかじめ半分はねじ込んでおき、腹這いの状態になってから、あとはインパクトドライバでねじ込んだ。

さて、次の難関は、壁を立てる工程だった。壁のパーツは一枚の重さが三〇キロ、高さは二メートル以上ある。これも一人では無理だ。奥様に「五分間だけ」と頭を下げ、二人でそのパーツを立て、倒れないように支えてもらっている間に固定した。これは、どうにか奥様に一日一〇分間の手伝いをお願いして実現できた。この程度の妥協は必要だろう。

最後は、屋根である。屋根は傾斜が三〇度、地上から三メートル以上の高さがある。

ここでは、屋根材を貼り付ける工程を一人で行う方法を考えた。

ネットで購入できる一番高い脚立でも、三メートルは届かない。屋根の周囲なら可能だが、屋根のトップ付近は、その脚立からは届かない。どうしても屋根の上に乗る必要がある。

最初、ネットで縄梯子《なわばしご》を購入して、これを反対側から屋根にかけておいて上った。しかし、これだと片手は摑《つか》まっているわけだから、作業は片手で行うことになり、釘も打てない。そこで、次はロッククライミングなどに使うロープや金具、腰に付けるバンドなどをネットで購入し、それらを使って屋根の上で作業を行った。

屋根材をすべて貼るのに、二週間ほどかかったが、怪我をすることもなく、無事に工事を終えた。

あとは外壁の塗装を残すのみとなったものの、一二月になって、気温は氷点下となったので、塗装は春まで待たなければならない。

しかし、一五年越しの念願のガゼボを自分で組み立てることができたので、僕としては大いに満足している。

何を諦め、何を諦めないか、の見極め

この場合、「諦めずにいたから夢が実現した」といえるかもしれない（そんなたいそうなものでもないが）。でも、その「夢」は何だったのか？　小屋を建てることが目的ではなかった。小屋が必要だったわけでもない。必要ならば、お金を払えば、すぐに出来上がったはずである。そうではなく、「僕が一人で作る」ことが目的だった。

しかし、重いものは一人では運べない。方法を工夫して、できるだけ一人で行うつもりだったが、多少は妥協して、奥様に手伝ってもらうしかなかった。この部分では、一人で行うことを「諦めた」といえるだろう。

また、キットの説明書どおりに、床を裏返す工法も「諦める」しかなかった。新たな方法を考えて採用した。

屋根材（シングル）は二〇〇枚ほどだったが、一枚ずつ、地上で接着剤を塗ってから、それを持って脚立を上り、ロープを使って屋根に上がって、所定の位置に貼り付けた。

だから二週間もかかったのだ。

この作業は、誰かに手伝ってもらえば簡単だ。下の人が接着剤を塗って、屋根の上の人に手渡せば良い。おそらく、二日もかからないだろう。自分一人で行うことを「諦め」なかったので、こんなスローな作業になったが、それが僕の目的だったのだから、楽しい時間を長く体験できる結果となった。

さて、ここで重要なことは、「諦める」対象は何か、という問題である。

目的を達成するプロセスでは、数々の障害が待ち受けている。そこで諦めざるをえない対象が出てくる。何を諦め、何を諦めないのか。それは、どこに自分が目指すものがあるのか、ということが明確になっていないと、選択を誤ることになるだろう。

夢を実現するためには、ある程度の「諦め」が必要だが、どうしても譲れないものも、たしかにある。その見極めができることが、非常に重要であり、これが「諦めの極意」になる。

成功は諦めでできている

人生においても、まったく同じだろう。

なにかを成し遂げた人は、たいてい「諦めずに頑張った」と語るけれど、実は、目的を達成するために、数々のものを諦めている。

たとえば、アプローチする方法だって、何度も変更しているはずだ。つまり、「これでいける」と信じた方法を諦め、別の方法に乗り換えた。それを繰り返しただろう。

さらにいえば、なにかに集中するために、ほかのものを犠牲にしなければならない場合も多い。これは、一つの目的のために多数を「諦める」ことである。

ようするに、成功というのは、「諦め」によって築かれている、といっても良いだろう。

もっと下世話なことを書けば、人間は生まれながらにして格差を背負っている。それぞれ違うものを持っていて、その個性を自分の人生に役立てるしか道はない。他人の成功を見て、自分もあんなふうになりたい、と思っても、ほとんどの場合は無理、不可能なのである。

たとえば、スポーツ選手になりたいとか、アイドルになりたいとか、そんな夢は幼稚園児までなら誰だって抱くことができる。しかし、小学生にもなったら、大勢の人が、自分には向かないだろう、と諦めるはずだ。

ただし、少し才能がある（あるいは向いていると思われる）人は、なかなか諦めきれない。特に、指導する人間が「諦めるな！」と激励する。勝負事なら、「絶対に勝てる」「負けることなんて考えるな」と励ますだろう。

身も蓋《ふた》もないことを書けば、非常に無責任なことを言う人が大勢いる。僕は正直者なので、そんなことは言わない。自分の子供たちにだって言ったことは一度もない。

成功するかどうかを決めるもの

成功するかどうかは、半分以上が、その人間の能力、つまり才能によっている。自分の才能を見極めることが非常に大事であり、自分をよく知っていれば、そうそう大きな失敗はしないだろう。つまり、早めに諦めることだ。ちなみに、私見を述べておくが、「成功」なんてものは、大したことではない。ここを間違えないでほしい。

また、才能以外に人生を左右するものとして、「運」がある。これは、もっとわかりやすくいえば、「確率」だ。

ここで、人生を成功に導く言葉を書こう。

成功するには、少しでも確率の高いもの、あるいは期待値の高いものを選択すること。ほぼ、これに尽きる。

いつまでもしつこくチャンスに賭け続けるようなことは無駄だ。早めに諦めた方が良い。特に、賭け事は、少し遊んだら、潔《いさぎよ》く引き上げることが肝心だろう。負けたらすぐやめる。勝ってもすぐやめること。

確率の高い方法を選び、地道に努力を積み重ねることが、最も期待値が高い成功への道といえる。そんなことは、本に書くようなことでもない常識だろう。

よく諦めてから、本書を読んでほしい

さあ、「まえがき」にこれだけ書いておけば、「人生を諦めたくない」と闘志を燃やしている人は、この本を読むことを諦めてくれるだろう。

残りの人は、「人生をどう諦めるのか」で悩んでいるのではないだろうか。そういう方には、この本の内容が多少は「気休め」になるかもしれない。

一番大事な点は、あなたが諦めても、諦めなくても、世界は変わらないということだ。この場合の「世界」には、あなたの才能や環境、そして確率などが含まれている。つまり、人生の条件は何一つ変わらない。

気持ちの問題でどうこうできるものではない。そういった精神論を、まず捨て去って、事実を正確に観察し、自分にとって何が有益で、何が無駄か、と考えること。この客観的評価だけが、あなたを正しい「諦め」へ導き、あなたにとって最大限の成功をもたらすだろう。

再度、念のために書くが、この場合の「成功」とは、周囲からの評価ではない。あなた自身の満足である。

諦めの価値　目次

まえがき

［第1章］

諦めなければ夢は叶うか？

［第2章］ 諦められないという悩み

［第3章］何を諦めるべきか？

[第4章] 諦めが価値を持つとき

［第5章］

諦めの作法

［第6章］ 生きるとは諦めること

［第7章］変化を選択する道について

［第8章］

他者に期待しない生き方

あとがき

「第1章」

諦めなければ夢は叶うか？

「自由」の定義について

「夢」という言葉は、「人生の目的」に近い意味で使われる。睡眠中に見る夢のことではない。生きる目的は、自分の夢を叶えるためだといっても良い、と僕は考えているし、これまでずっと、そう考えて生きてきた。

また、自分が思い描く夢に向かって、少しずつ近づいていく行為、つまり、自分がやりたいことを実現する過程や状況を、僕は「自由」と定義している。自由とは、自分が思ったとおりに行動できる状態のことだ。

ということは「夢＝人生の目的」が存在することが最も大事な第一条件であって、それがあれば、そこへ向かってアプローチする行為が、つまり「自由」となる。また、それは同時に「幸せ」でもあるだろう。たとえ、その道半《なか》ばにして人生の終焉が訪れたとしても、その人は自由に生き、幸福だったことになる。夢が実現するかどうかは、大きな問題ではない。そこへ向かう過程に価値がある、ということだ。

本当に望めば夢は叶う

また、これまでに上梓《じょうし》した多くの本で、僕は繰り返しこんなことを書いてきた。「本当に望んでいれば、夢は必ず叶う」と。これを読んだ人たちは、「そうか、諦めてはいけないのだ。夢を捨ててはいけない」と思ったかもしれない。

本書のタイトルにある「諦め」は、その方針とは逆方向ではないか、と感じられた人が多いはずである。まずは、その誤解を解くことにしよう。

「望んでいれば夢は叶う」という言葉には、多少端折《はしょ》った部分がある。実は、「本当に望んでいれば」というように補足する必要があるだろう。この場合の「本当に」は、「真剣に」とか「もの凄く」でも良い。

ただぼんやりと、「あんな生活がしたいな」と呟《つぶや》くだけでは、「望んでいる」という動詞には不足なのだ。これは、「憧れる」や「思う」程度の状況であって、具体的な行動を伴っていない。

つまり、本当に「望む」のなら、なんらかの行動が伴うはずである。その夢に近づくため、なんらかの行為が必要だし、それをせずにはいられないのが普通だ。

自分の時間と労力を消費して、その目的に向かってなにがしかの行動を起こす。しかもそれを継続する。そうすれば、必ず夢は叶う。少なくとも目的に近づくことができる。行動すれば、自分は変化する。環境も変わる。自分以外の人の評価も変わってくるだろう。

そして、「諦める」という動詞は、このような夢に向かう行動を断念することなのだ。ここから、「諦めなければ、夢は叶う」という法則が生まれる。

諦めなければ、いずれ夢は叶うが、そのまえに死が訪れるかもしれない。その場合でも、一生夢を追い続けたことになり、夢が叶ったのと同じくらい自由で幸せな人生となるだろう。

「諦め」の理由を愚痴る人たち

ところが、多くの人は、「本当に」望んではいない。単に「いいな」と思っているだけ、「いつかああなりたいな」と願っているだけ、「私の夢はこれです」とネットで呟いているだけで、「行動」していない。これは、神頼みに近い。

子供だったら、周囲の大人が手を差し伸べてくれるかもしれないが、一般に、人の夢を叶えることが趣味の人間は少ないだろう。この程度の「望み」では、時間がいくら経過しても、ちっとも夢は叶わないし、一歩も夢に近づかない。

そういう人に限って、「自分はついていない」「不幸だ」「環境が悪い」「家族の理解が得られない」「金がない」「時間がない」「不況が悪い」「国の援助が必要だ」などと他力本願に終始することになる。もちろん、そういった愚痴を言う趣味も悪くはない。人に迷惑をかけなければ、すべて自由だし、それも人生である。僕は非難しているのではない。誤解のないように。

「諦める」対象は大別して二つ

大事なことなので、繰り返そう。「諦める」とは、目的へ向かう行為を止めることだ。

では、実際に「諦める」ものは何か、について考えてみよう。つまり、「諦める」という動詞の目的語は何か?

それは、たった今書いたばかり、「目的へ向かう行為」であり、「アプローチ」なのではないか。簡単にいえばそうなるが、大本の「目的」自体を諦めることもあるはずだ。少し考えてみると、大きく二つに分けられることに気づくだろう。

一つは、「目的」を諦めることである。

夢そのものを諦める、といっても良い。そこへ向かうことを断念するという決断である。

これは、なかなか大きな方向転換といえる。よほどの理由があるときに限られる。たとえば、健康上の理由であるとか、人生の残り時間が圧倒的に不足しているなどの理由だ。

ただ、この決断は、その目的が、自分には実現不可能だという判断による場合がほとんどであり、多少穿《うが》った見方をすれば、そもそも最初の予測というのか、計画が甘かったのではないか、との評価を受けることが避けられない。環境や事情が変わった、などの理由もあるものの、それくらい予測できなかったのか、と自問することになり、精神的な痛手となる。できれば、こんな「諦め」には遭遇したくないものだ。

二つめは、目的へ向かう「方法」を諦めること。

この場合は、最終目的である「夢」を断念するわけではない。ただ、現在のやり方では、到達が不可能だと判断し、ひとまずそのアプローチ（つまり道）を諦める場合である。なにか、方法を変えないかぎり、目標達成が困難だ、と予測した。その予測を信じて、新たな方法を模索することになる。

この種の「諦め」は非常に多い。僕の場合でいえば、日常茶飯事で、毎日何十回も諦めているはずである。逆にいえば、かずかずの方法を試す必要がある、難しい目標ほどそれが多くなる。

途中で諦めると、無駄になるものがある

特に、自分が初めて挑戦するような対象であれば、とりあえずなにかやってみないと、方法が適切かどうか、自分に合っているかどうか、またどれくらいの成果が得られるものなのか、わからない。まずは試行し、得られた途中結果を分析して、「これでいこう」と続行となるか、「別の方法に切り替えよう」と見切りをつけるかの判断を、しょっちゅうすることになる。その判断は、できるだけ短いインターバルで頻繁に行う方が良い。つまり、諦めるなら早い方が有利だからだ。

ところが、多くの場合、やりかけた作業によって、なにかしらのものが出来上がってくる。それにかかわった時間が長くなり、費用をかけ、苦労を重ねるほど、出来上がった「やりかけのもの」を無駄にしたくない、という気持ちが大きくなるだろう。

たとえば、なにかを作っている場合、その方法で既に部分的に出来上がっているものが目の前にあるわけで、方法を切り替えるときに、それをすべて放棄しなければならな

いのは忍びない。

さらに、仕事などでは大勢がそのプロジェクトに関与し、作業を進めている途上にある。その段階で、「もう一度やり直そう」という決断は、けっこう重いものとなる。人は一度動きだし、作業に慣れてきた頃には、それを中断して新しいものを取り入れることに抵抗を示すものだ。物理でいうところの「慣性《かんせい》」である。重くて、しかもスピードに乗ってきたときほど、慣性は大きくなり、それを止めるだけでも大きなエネルギィが必要となる。

ミスのリカバでも諦めが必要

方法が間違っていなくても、今のペースでは期限までに目標に達しない、と予測できる場合もあるだろう。このままでは失敗する、なんとか改善しなければ、となる。速度を上げるためには、なんらかの方法の変革が必要だ。どこを変えるのかを考えなければならない。あるときには、これまでのシステムを全面的に諦め、新たなアプローチを選択しなければならないだろう。

　方法が正しく、進展速度も問題がないときでも、なんらかのミスが発生する場合がある。人間は、必ずミスをするものだ。こんなときには、素早い「リカバ」が必要となる。期限のある仕事をしている場合には、何故失敗したのかを分析する時間がないことも多い。根本的な原因追究は後回しになり、目の前の失敗を補正する作業に追われる。仕事では、このようなことが本当に日常的に発生する。ミスがなく、なにもかも順調にことが運ぶ確率は非常に低い。なにがあっても、目的が達成できるような余裕のある計画や備えをしておくべきだろう。

　ミスのリカバをするときにも、なにかを諦める必要がある。時間をかけて作ったものを捨てて、最初からやり直すのか、それとも、なんとか修正をして、それを使うのか？

　前者は、作ったものを諦めることであり、後者は、傷のない完璧な作業を諦めることに等しい。〆切に間に合わせることが第一優先なら、失敗（傷）を隠して繕《つくろ》うしかないが、完全主義者ならば、〆切に遅れても良いから、完璧なものを最初から作り直したいだろう。だが、いずれもなにかを諦めることになる。

夢の実現に必要なものは「計画」である

つまるところ、人生においてつぎつぎと直面する「どちらにするのか？」という判断は、「何を諦めるのか？」という選択なのである。

「とにかく諦めるな」「絶対に諦めないぞ」という精神論は、この際、まったく無意味である。ものごとを進めるためには、無数の「諦め」を許容するしかなく、「諦め」を積み重ねて登っていくようなものだ。

的確な判断とは、「的確な諦め」によって成立する。諦めきれない状態とは、判断がつかない状態であり、それではものごとが前進しない。

もちろん、とことん考えることは大前提だ。時間が許すかぎり考える。このとき、感情的な要素に左右されず、客観的に、かつ巨視的、長期的に事象を捉えることが重要である。そして、いったん諦める決心がついたら、直ちに判断し、実行する。実行したのちは、ぐずぐずと過去を振り返らない。次にやってくる問題を予測し、未来に備えることを優先すべきだろう。

　僕は工作が趣味で、いつもなにかを（それも同時に沢山のものを）作っている。子供のときからずっと工作を続けていて、ほとんどのことを工作から学んだ、といっても良い。工作をするときに、最初に考えることは、「何を作ろうか」である。そのとき、当然ながら境界条件となるのは、自分の能力、自分の時間、自分の資金力である。自分が楽しめるようなものが作りたいわけだが、それを実現できるだろうか、と考えてしまう。

　ここで、「計画」というものが頭に思い浮かぶ。どんな仕事でも、あるいは人生でも、まったく同じだろう。いつまでに何をするのか、どのような手順でことを運ぶのか、未来に対して、いろいろな想定をして、進むべき方向を決めていく。ここでも、やはり自分自身の条件に照らし合わせた「現実性」が重要となる。計画というのは、憧れを絵に描いたものではない。それは、道順を記したマップであり、タイムスケジュールなのだ。「あの山の頂上に立ちたい」という憧れから始まって、現実的な計画を立てる。憧れで山に登ることは危険だ。実現するために必要なものは、実行可能で安全な「計画」なのである。

ものを作ることは「諦め」の学び

工作にも計画がなくてはならない。実際にメモとして記さなくても、頭の中におおまかな計画を持っているのが普通である。何がいつ必要なのかを考えなければ、ものは作れない。どれくらい時間がかかるのか、最初はわからなくても、作っていくうちにしだいにはっきりと見えてくる。そこでまた計画を更新する。

計画に重要なことは、何を捨てるのか、何を諦めるのか、という判断である。ものを作るときには、特にこの取捨選択が重要になる。作るものは現実の物質なのだから、物理的に可能な道しか選べない。ただ空想するだけとは話が全然違う、ということである。

つまり、ものを作ることは、夢を現実に引き入れる行為なのだ。頭に思い描いていた夢は、どこまでも果てしない理想かもしれない。しかし、現実に形にできるものは、自分の手で摑めるものに限られる。すなわち「実現」のために、大部分の「夢」を諦める行為でもあるだろう。

ものを作る経験を重ねている人は、作る過程で、膨大な幻滅を味わうことになる。本当に嫌になるほど、現実を見せつけられる。自分の能力が不足していたり、思っていたものと全然違うものしか作れないことに、気持ちが悪くなるほど落ち込むことがある。

しかし、作り続けるためには、不可能な夢を諦めるしかない。手を伸ばして届く範囲のものしか摑めないことを知る体験こそ、その人の能力を少しずつ高める結果になる。手をいっぱいに伸ばしても届かない、逃してしまう経験をして初めて、見えてくる世界もある。

諦め続けることで夢が叶う?

なにかを得るためには、なにかを諦める必要がある、ということが、作ることによって本当に理解できるだろう。「作る」とは、小さな現実の夢を少しずつ摑むことだからだ。諦めてでも、なにかを得た方が有益だ、という気持ちがないと続かない。

どうせ実現できないのだから、と最初から諦める人がいるけれど、それはなにもまだしていない人である。自分では諦めたつもりでも、実は一歩も進んでいないから、諦めているともいえない状況なのである。なにかを実際に始めて、失敗をして、諦めた人ならば、少なくともそこまでの段階で得られたものがあり、自身が進化している。次に挑戦したときには、もう少し高いところまで手が届くかもしれない。だが、最初から諦めていては、なにもしなかったのと同じだ。

こうしてみると、「諦めなければ夢は実現する」という言葉は、精確には間違っているかもしれない。むしろ、「諦め続けることで、夢は実現する」の方が現実に近い。何度も挑戦し、何度も諦めることで自分が成長する、という要素があって初めて、夢が実現する場合がほとんどだからだ。

「諦める」は悪いことではない

失敗したくないから、と最初から尻込みしてしまう人は、「諦めたくないから」という理由で最初から諦めていることになる。諦めることを恐れているのと同じだ。

これは、「諦めるな」と子供の頃から教えられたからかもしれない。諦めることが悪いことだと思い込んでいる。じっくりと考えたこともないのではないか。

「諦める」ことは、べつに悪いことでもなんでもない。単なる判断の結果である。たしかに、諦めるためには、ちょっとした無念が必要な場合もあるけれど、それも大したことではない。どんなときでも、なにかを諦めることになる。

「せっかくここまでやったのに」とか、「これが自分の生き方だ」などと、拘《こだわ》ることの方が、むしろ危険な状況である。そうではなく、いつも柔軟に考え、現在の状況をよく把握したうえで、価値判断をすること。そのときに、「諦め」が結果的に現れるというだけである。「諦めたくない」といった感情は、きっぱりと捨てる方が良いだろう。そういった「拘り」こそ諦めよう。

方法やアプローチする道を切り替え、心機一転、新たにチャレンジをするというのは、それほど難しいことではない。失敗や誤算によって上手くいかない現状から、そういった判断を行うとき、最終的に目指すものは不変だ、という気持ちが支えになる。目標を見失ったわけではない、つまり「夢を諦めたわけではない」と自分に言い聞かせることもできるだろう。

目標や計画を常に見直すこと

しかし、ここでも、やはり拘っているものがある。「夢」や「目標」についても、同じように見直してみる必要があるのではないか。

遠いところから眺めていたときの目標も、近づくほど詳細が見えてくる。いつまでも漠然とした「夢」のまま、目的地を曖昧にしたまま進んでいることが実に多い。簡単に書いたが、僕が観察できる範囲でも、これが大多数だと感じる。

大事な目標を、もっとよく吟味して、常に見つめ直し、必要ならば修正をした方が良い。自分が満足することが第一優先ではあるけれど、そのディテールは、考えれば考えるほど広い範囲に分散していて、実際のところ、どのポイントを目指すのか、わかりにくくなっているのだ。それに目を瞑《つむ》って、ただ努力をする、自分が取り組めることに日々励む、という行為に小さな満足を見出してしまう。考えない状態になっていると、危ない。いわば、酔ってしまっているのと同じだ。

目標が正確に定まらないと、そこへのプロセスで迷いが生じる。つまり、判断にブレが生じる。いったい、自分は何を求めているのか、と自問することを忘れてはいけない。遠い大きな満足と、近い小さな満足があるとき、人間は手近な方へ流れやすい。つい手が届くもので満足しがちである。

そうならないように、「計画」というものがある。これは、遠い大きな目標を、近い小さな目標に分散させる行為であり、その計画を守ることで、本来の大きな満足を、より確実に手にする方法として、昔から多くの人たちが採用してきたやり方である。その計画も、常に修正を続けることが必要だろう。

過去のものに囚われないこと

適切に諦めること、また遠い目標を見失わないこと。これを一言で表した言葉が、「道」である。日本には、武道、書道、華道など、多くの道がある。あらゆる生き方が

「道」として示されている。先人に倣《なら》い、古来の手順に従うことが、最も簡単で歩きやすいとわかっているからだ。

ただ、この場合も、道は一本で、一度歩き始めたら、そこから逸れてはいけない、と自分を縛らない方が良い。できるかぎり、決めた道を進むべきだが、それでも常に、間違っていないか、ほかに道はないか、と立ち止まり、振り返った方が良いだろう。

多くの場合、「迷う」ことも、「立ち止まる」ことも、「悪いこと」だと教えられるけれど、そんな言葉だけの綺麗事は、それほど気にしない方がよろしい。

言葉というのは、なんとでもいえる。格言といわれるものも、いつも正しく導いてくれるわけではない。大事なのは、自分の今の環境に、それが本当に当てはまるかどうかを「考える」ことである。

たとえば、大事なことは確率だ、とまえに書いたが、この確率にしたって、統計的なデータに基づいて導かれた数字である。数学的に導ける確率は、そのとおりであるけれど、これまでに大勢がいろいろな環境で試みた結果から計算された数字ならば、そのとおりではない可能性がある。あなたという個人が、今その立場にあって、これから起こることを予測するときには、その確率は当てはまらないかもしれない。

世間一般の傾向ではなく、あなたの経験から導かれる可能性、確率の方がずっと信頼に耐えうるだろう。だが、それにしても過去の自分、過去の環境における経験だ。今の自分ならば、今の環境ならば、と考えることだってできる。否、そう考えるべきなのだ。言葉というものは、常に過去から生まれてくる。言葉自体が、過去の記録でしかない。今からの道に影響はするけれど、それにすべての判断を任せるほどのものではないだろう。

「諦めることなんて考えない」は危険

そんな言葉の中にも、端的に真理を突いたものも、ないわけではない。たとえば、「二兎を追うもの一兎をも得ず」という諺《ことわざ》がある。これなどは、「なにかを得るためには、何かを諦めろ」に近い教えといえる。

だがこれも、ときと場合による。一度に二兎は無理だが、少し時間をかけたり、方法を適切に選べば、二兎でも三兎でも得ることができる可能性はあるだろう。最も大事なことは、そういった既存の概念、あるいは常識に囚われないことである。

あるときは、失敗を恐れずにチャレンジすることも必要だ。この場合も、失敗することを充分に覚悟した上でチャレンジする。失敗を頭から消す、という意味では全然ない。「失敗など考えるな」という教えは、その意味どおりでは、ほぼ間違いである。

日本語には、「そんなことはまったく考えておりません」という言い回しがあるが、どんな場合でも、思いつくすべてのことを考えておくべきだ。考えなければ、判断ができない。「諦めるなんて、まったく考えていない」という状況は、はっきりいうと危険である。常に、諦めることを想定して臨むべきである。

「目的は何か」を理解していない危険

ここまで述べてきたように、諦めることは、非常に重要な姿勢というか、考え方の基本となるものであり、常にその選択肢を持っている方が良い。ただ、すべてを諦めることはない。それは、生きることを諦めるのと等しい。

諦めるのは、なにかもっと大事なものを守るための手段であることを忘れてはいけない。しかし、普通は「大事なものは何か」ということがしっかりと理解されていない。たとえば、あるバッグがどうしても欲しい。それを買いたい。この場合、そのバッグを手に入れることが目的だ、と考える。しかし、そこに潜んでいる目的は、自分の満足にあるはずだ。では、そのバッグだけが自分の満足か、と自問した方が良い。

さらには、自分の満足の中にも、人から羨《うらや》まれることで満足する、というプロセスが潜んでいる場合が多い。

多くの目的は自分の満足が源泉となるものの、そこには他者の影響が非常に多く関わっている。人から評価されたい、褒められたい、羨ましがられたい、といった気持ちが潜んでいるのだ。

このように、少し考えてみるだけで、自分の目的がどこにあって、自分は何がしたいのかがわかるのに、そこまで考えずに、ただ「バッグが欲しい」で思考が停止し、それが夢であり、目的だと思い込んでいる。こういう人は、非常に危ない。そういった思い込みに取り憑《つ》かれ、考えることを怠ると、破滅的な人生を歩む羽目になる可能性が高い。

抽象的に考え本質を見る

ここで、重要なことは、目的の抽象化である。

人間は、具体的なものに囚われて、本来の目的を見失いやすい性質を持っている。具体的なものにこそ価値がある、という思い込みも、現代人には根強いが、それは間違い。まったく逆である。さきほどの例でいうと、本当に重要なものは、具体的な「バッグ」ではなく、自分の「満足」という抽象的な目的なのだ。

具体的なものが頭に思い浮かぶと、その後ろにある本来の目的が見えなくなる。ものごとを抽象的に考えることで、ものの本質が見え、多くの道が開けてくる。バッグ以外に自分が満足できるものはないのか、褒められることのほかに楽しみはないのか、と考えることで、厄介な憑き物を祓《はら》うことができるだろう。

「冷静になって諦める」という経験は、抽象的で客観的な思考を育むことにつながる。

しょっちゅう諦めている人ほど、ものごとを冷静に、穏やかに、高い観点から見ていることが多い。逆にいえば、そういった考え方をしていれば、なんでも比較的簡単に諦められる。諦めることが、さほど大きな抵抗もなくできる。むしろ進んで、喜んで、諦められるようになるだろう。

まさに、悟りを開いた老僧のような人かもしれない。

頼りになる人の条件

先入観をもって期待をするほど、簡単に離れられなくなる。ついものごとに前のめりになりやすい。そうならないように、いつも一歩引いたところに立ち、一つのものに視点を集中させず、常に周囲に目を配るように心がけよう。

なにものにも入れ込まず、気合を入れず、頑張ろうなんて考えない。なんでもすぐに諦められるように、別の道を確認することを怠らない。

これらができる人は、「落ち着いている」「度胸が座っている」「頼りになる」という印象を周囲から持たれることだろう。

若い人には、すぐには無理かもしれないけれど、こんなスタンスが、安全で安心な生き方だといっても良いのではないか。

もちろん、僕はとてもそんな境地には至っていない。そもそもものごとにのめり込み、周りが見えなくなるタイプなので、人一倍、自分に対して常に見張っていないと、失敗を繰り返しやすいのだ。そういった人生を六〇年以上も歩んできたから、今ここで書いているような言葉が出てくる人間になった。まだまだ途上であり、これからが正念場だと思っている。

子供の頃から、拘りが強かった。だから、今では「なにものにも拘らない」を座右の銘としている。人間は変わらない、といわれているけれど、そんなことはない。自分が思うとおりに変えられるはずだ。

人からどう見られようが、大したことではない。でも、自分にとって、自分自身が頼りになることは、とても価値がある。人生という道を、だいぶ生きやすくなるだろう。

自由のために自分をコントロールする

拘るのか、それとも諦めるのか。どちらが大事なのか、ということは一概にいえない。ケースバイケースだ。ただ、いつも大事なことは、自身のコントロールである。自分が置かれている状況を的確に把握し、自分の感情を抑えて、合理的で有利な方向へ自身を導くコントロールだ。

「自由」は、人間にとって最も大事なものだと思う。しかし、人間を拘束から解き放っただけでは、自由にはならない。人間は、思い込み、周囲に縋《すが》り、流される。自由を獲得するためには、自分の視点をもっと拡張して、時間的にも空間的にも広い視野をもって、いわば神様のような視点で自分自身とその周辺を観察し、自分をコントロールする。そうして初めて、自分が自由になった、といえる。

そのコントロールの内には、自分が「必要だ」あるいは「大事だ」と思い込んでいるものを「諦める」ことが含まれているだろう。なにしろ、自分の周囲に存在するものに比べて、自分が選択できるものは僅《わず》かしかない。なにかを得るためには、多くを諦める必要に迫られる。

これは、石や木を削って仏像を彫り出す作業に似ている。切り捨てないと、なにものも見えてこない。ものを作る行為は、同時に大部分を捨てる作業でもあり、ここで必要なのが、自身のコントロールなのである。

諦めのデザイン

「デザイン」という言葉は、見えるもの（サイン）を捨てる（デ）、という意味が語源となっている。デザインを訳した日本語が、「設計」である。人生設計とは、人生をデザインすることだ。飾り立てること（デコレーション）がデザインではない。いらないもの、無駄なものを排除していくことで、浮かび上がってくるもの、鮮明になってくるものがある。

考えてみれば、人間が生きていくためには、沢山の生命が犠牲になっている。「犠牲」というのは、なにかの目的のために、諦めるもののことだ。

諦めることで、本質が見えてくる。本質が見えさえすれば、あとは簡単、そこへ手を伸ばす努力をするだけである。

人間の最大の武器とは？

本章では、「諦め」について、やってはいけない悪い行為ではない、と述べてきた。「諦め」の汚名返上といっても良いだろう。むしろ、その逆で、諦めることは、ときに非常に有益な決断であり、また、常に諦めることを念頭においた姿勢が、ものごとを進めるうえで重要だ、と述べた。

どうしても上手くいかない、という窮地に立たされたときには、とにかく、何が諦められるか、と考えた方が良い。諦めることで、救われる場合が多い。

「諦めてはいけない」という言葉に縋ってしまいがちで、この妄信《もうしん》が、あなたを窮地へ導いた、といえるかもしれないのだ。

「何を諦めようか？」と考えるだけでも、事態は改善する可能性がある。それは、「諦める」からではなく、「考える」からだ。

人間の最大の武器は「考える」能力である。諦めるためには、考えなければならない。考えることを避けている状態が、「諦めない」という頑固な姿勢なのだ。

「大失敗」は、だいたいの場合、諦めないことが原因だ。もう少し早く諦めていれば「失敗」で済んだものが、諦めなかったために「大」が付加される。多くの歴史からそれが学べるはずだ。

大勢が「絶対に諦めない」という信念で生きていたら、世の中はどうなるか？　おそらく争いや戦争が耐えないだろう。相手を尊重し、譲り合い、平和な社会を築くには、自身の直近的な利益や感情的満足を「諦める」ことが必要であり、そうすることで、結局はもっと大きな利益を手に入れることができる。

［第2章］

諦められないという悩み

人生の先が見える世代

まえがきでも述べたように、本書のテーマは、編集者が発案したものであり、僕自身が、「これは考えるべき問題だ」と発想したものではない。さらに身も蓋もないことをいってしまえば、「諦める」について考えようと思ったことさえないし、普段の価値判断や生きるための方針を決めるときにも、「諦める」ことを意識した体験はない。

編集者によれば、男女を問わず、三十代、四十代ともなると、夢や野望を抱いていた十代、二十代のときに比べて、自分の限界を感じるようになり、同時に未来には人生のゴールのようなものが見えてくるため、「自分はこのままで良いのだろうか」と精神的な葛藤を抱えている、という。

僕は、もう少し歳《とし》を重ねないと、そこまで見通すには至らないのでは、と考えていたのだが、たしかに、その世代は就職や結婚などで一段落して、人生の多くが「制限された」と感じるのかもしれない。

仕事をしている人も、あるいは家庭にいる人も、自分の可能性は、子供の頃に想像したものよりもはるかに狭まっている、と認めざるをえない場合がほとんどだろう。

子供のときの夢は庭園鉄道だった

僕がそれを感じたのは、三十代の前半だった。結婚もして子供もいて、マイホームを建てたばかりで、給料も上がり、仕事もまあまあ順調だった。家族も皆健康で、なにも問題はなかった。非常に恵まれていたといえるだろう。

ただ、子供の頃に夢見たものには、まったく近づいていなかった。それは、自分で鉄道の線路を敷いて、自分で作った模型の機関車に乗って運転してみたい、という夢だった。その歳になるまで、この夢は封印されていたのだ。

たしかに、あのとき「このままでは、一生かかっても、この夢は実現しないな」と思った。悩みというほど大きな不満ではなく、むしろ仕事に少し余裕が生まれたからか、それとも研究職というものに多少の幻滅を感じたせいなのか、そのいずれもが原因だったかもしれない。

とにかく、そのとき僕は夢を実現するために資金を稼ぐ方法を考えた。仕事で忙しいため、昼間の時間は取れない。今自分にできることは夜中にバイトをすることだ。そう考えたので、それまで一度も書いた経験がなかった小説を、夜中に書くことにした。その作品を出版社に送った結果、僕は小説家になった。そして、得られた印税で広い土地を購入し、それから二〇年以上も一人で工事を続けて庭園鉄道を実現するに至ったのである。

安定した日常を諦めて

この「夢を実現させる」過程において、僕が何を諦めたかというと、それは「日常」である。なにも不満のなかった日常生活を諦めた。たとえば、一時間半寝たあと夜中に起きて小説を三時間書き、朝方に三時間寝てから出勤する習慣となった。なんでもない日常の快適さは失われ、しばらく体調も悪かったけれど、僕自身は、努力をしているとか、我慢をしているといった感覚はなかった。夢の実現のためにやっていることなので、人知れずわくわくした。誰にも話さず、秘密裏にことを進めていた。

自分の本が出版されると決まっても、誰にもそれを話さなかった。僕は小説家になりたくて小説を書いたのではない。小説が好きでもなかった。憧れてもいなかった。また、人から羨ましがられることにも、まったく興味がなかった。庭に鉄道を敷きたい、という活動の一環でしかなかったので、小説執筆はその工事の一部の作業にすぎなかった。

これは、大学の先生になったことでも同じだった。学生のときに研究の面白さを知り、その活動が続けたくて、大学の助手（今では助教という）として就職した。願いは叶って、日々楽しい研究活動を満喫できた。ところが、助手から助教授（今の准教授）に昇格したら、大学の運営や学会の活動が爆発的に増え、研究からは遠ざかった。はっきりいえば、やりたいことが充分にできなくなった。当時、国家公務員として五〇万円近い月給をもらっていたが、そもそも大学の先生になりたいと思ってなったわけではない。ただ研究がしたかっただけなのだ。

小説家になって、大学教官の何十倍もの収入を得ることになった。一〇年間ほど、大学と小説の仕事を両立していたが、もう働く必要はないと判断して、両方とも引退することにした。大学は退官し、小説家としても引退を宣言して、新しい仕事を受けないようにした。そうなって、既に一五年くらいになる。現在は、ボケ防止の一環というか、一日に三〇分ほどパソコンに向かって文章を打っている、という程度である。

みんなで協力することは諦めた

こうしてみると、研究者も小説家も僕は諦めた、といえるだろう。最初から目標にもしていなかったし、夢でもなかったから、「諦める」といえるほどの決断はしていない。それよりも、子供の頃から、自分の鉄道を作りたい、飛行機を作って飛ばしたい、といった夢を思い描いていて、それらを今でも一つずつ実現している。働いている頃に比べて、ようやく落ち着いて遊べる年齢になった。だから、子供時代の夢については、何一つ諦めていない、といえるだろう。

否、そうでもないか……。

たとえば、人工衛星を自分で作って打ち上げたい、という夢は中学生くらいで諦めた。とんでもなく資金が必要だし、一人だけでは無理だと理解したからだ。僕は、だいたい人づき合いが苦手で、なんでも自分一人でやりたい人間だから、多人数で協力し合わないとできない行為は、早い段階で諦めてしまうのだ。

人生相談ではないが……

そんな人間なので、編集者が依頼してきた今回のテーマが、今ひとつぴんとこなかった。そこで、以前の本でも行ったように、一般の方から、この「諦める」というテーマに関して、森博嗣にどんなことをききたいのか、という調査をしてもらった。大々的な調査ではない。編集者の周辺で行ったアンケートである。その結果、以下に挙げるような相談あるいは質問が寄せられたのである。ここでは、それらに簡単にお答えしてみようと思う。

なんだか人生相談の様相である。いちおう誠意を込めて答えてはみるものの、おそらく突《つ》っ慳貪《けんどん》な印象を持たれ、好感度ダウンとなること必至だろう。だが、好感度を上げたいという欲求は僕には皆無なので、まったく影響を受けずに書いた。ただし、質問に合わせて、デスマス調でお答えする。単なる言葉遣いの問題だが、世間一般には大いに影響があるようだから……(以前に比べて、最近の新書はデスマス調が増え、講演会の収録原稿か、と思えてしまう)。

Q 諦め癖がついています

Q 昔は「頑張ったら自分はできる」と思っていた時代もあったのですが、結果に結びつかないことが多く、前向きになれないことが増えてきました。「どうせ駄目だろう」「だったら、やっても無駄」というふうに、動かない理由をつけては、ぐだぐだしています。

こうした諦め癖・負け癖を拭《ぬぐ》い去るには、どうしたら良いでしょうか? 頑張っている人を見ると冷笑的になる一方で、「こんなもんだ」と、なにもしない自分にも嫌気がさしています。

森　それでよろしいのではないでしょうか？　僕には、なにがいけないのかわかりません。前向きになれないのは、自分や周辺の条件を的確に把握しているからですよね？　無駄なことは最初から諦めた方が良いはずです。諦めているのではなく、最善の道を選択しているのではありませんか？

ただ、問題は、その状況を「諦めている」と評価し、しかも「負けている」と感じている部分にあります。これは、他者との比較に重点が置かれているためです。逆にいえば、「自分も頑張りたかった」という後悔があり、「自分は勝ちたい」という願望がある、ということです。むしろ、そこに問題があるのではないでしょうか？

頑張って勝ちたい、という気持ちは、悪いとは思いませんが、しかし、「勝つ」とは、つまり誰かを蹴落《けお》とすことですし、負けた人間を惨《みじ》めだと見下ろしたい、そういう願望が潜んでいるはずです。何故、他者に勝たなければならないのか、というと、それは周囲の他者に認めてもらいたい、と望んでいるからです。

もし、自分の楽しみを持ち、自分がやりたいことが明確にあるのなら、他者に勝つ必要なんてどこにもありません。あなたの問題は、自分の楽しみを持っていない、ということなのです。人から褒められたいという子供のときの習慣から、早く脱却することで解決しそうな気がしますが、いかがでしょうか。

Q　諦められない夢があります

Q　私は研究者になりたいと思っているのですが、勤務先の規定にひっかかり、大学院に通うことを諦めざるをえない状況にいます。だからといって会社を辞める決断ができるほど経済的余裕もありません。このまま会社勤めで人生が終わってしまうのか、と若干絶望しています。森先生だったら、どんなアクションを起こされますか?

森　僕はあなたではないので、状況が正確に把握できませんけれど、まずいえることは、自分で判断できないような問題だろうか、という疑問です。とても大事なことではありませんか。自分の夢の実現を左右する判断です。違いますか？　その判断をご自身よりも的確に判断できる人間がいるでしょうか？

こういった場合に、他人からのアドバイスが、どれほど役に立つものでしょうか？　夢が本物であるなら、会社を辞めるとか、経済的余裕とか、まったくの小事ではないでしょうか？

とにかく、絶望するような状況か、という点が不思議なのです。

絶望というのは、そんなに簡単にできるものではありません。あらゆる手を尽くし、自分ができる限りの実行をしたあとで、もし駄目だったときに、絶望なさってはいかがでしょう？

Q　人に諦められたときの対処法

Q　ここ数日、妻が目を合わせてくれず、冷たい態度を取られています。思い当たることといえば、妻がやってと言っていたことを放ったらかしてしまった、妻との時間より仕事を優先することが多すぎた、などでしょうか。話し合おうとしたところ、「もう期待するのに疲れた」と。

良い関係に戻るには、どうしたらいいのでしょうか？


森 正直いって、全然わかりません。

良い関係に戻れるとお考えなのでしょうか？

それこそ諦めるべきではないか、と思いました。つまり、もし本気で良い関係に戻りたいのなら、考えつくあらゆることを、既に実行しているはずだからです。

それをしないで、こんな質問をすること自体がとても不思議でなりません。

おそらく、あなたは良い関係に期待をしていない、今の状況が特に悪いものだとは思っていない、あるいは、奥様の方に問題があるという疑いを持たれている、ということでしょう。文面からは、そういったことが読み取れました。

つまり、諦めているのは、あなたの方なのです。

Q 見切り癖の早さについて

Q 僕は昔から、なにごとも拘らない性格です。仕事でも「これはこれでいいや」「こんぐらいでいいや」と手離れも早いです。正直、「どうでもいいや」という感覚に近く、本質的に興味がないのかもしれません。

それはそれで楽なのですが、たまに「あのときもっと慎重に考えておけば良かった」「もっと必死にやっておけば、あの成果は自分が手にしていたのかも?」と後悔をすることも。

諦めずに結果を出している人も見かけるため、このままの自分で良いのか、もやもやしています。

森 今のままで、よろしいのではないでしょうか。

「後悔なんかしなくてもいいや」とお考えになれば、ハッピィになれるのではないでしょうか。嫌味でいっているのではありません。

僕は、これまでの人生で、後悔という行為を一度もしたことがありません。過去のことについては、すべて肯定しています。なにしろ、自分が考えて、自分で決めたことです。誰のせいでもないし、もちろん、やり直すこともできません。

ですから、ご相談の前半の部分は、まったく僕と同じです。その勢いで、すべてを「これでいいや」と思うだけのことでは?

ある意味で、「これでいいや」といえるのは、とても凄いことだと思います。「これでいいや」と思えるまで、なかなかできないものです。

もやもやするのは、もやもやしたいからだ、後悔するのは、後悔したいからだ、と思っている人間です。誰もが、自分がなりたい人間に、思いどおりの人間になれる、と考えています。

Q　人を諦めるのが早い自分

Q　私は、人間関係をさっさと諦めてしまう人間です。仕事関係でも、友達でも、ちょっとした違和感や嫌なことが重なると、すぐにシャッタを下ろしてしまうのです。ところがふと気がつけば、一緒に旅行にいったり、気軽に食事にいけたりする友人が誰もいなくなっていることに気がつきました。こうした自分の性格は、どうやったら治るのでしょうか。

森　治す必要がありますか？

人間関係を諦め、一人で生きていく、一人で楽しめる、と考えれば良いだけですし、実際にも、そんなライフスタイルの人は大勢います。何故、旅行に誰かと一緒にいかなければならないのでしょうか？　何故、食事に誰かと一緒にいかないといけないのですか？　誰がそんなことを決めましたか？　一人だと、どんな悪いことがあるのですか？

誰かの意見を聞いて、それが本来の人間のあるべきスタイルだ、と思わされたのですね。それこそ、人間関係として最初にシャッタを下ろすべき場面だったことでしょう。

Q　自分の人生、このままで良いでしょうか？

Q　定職もあり、家族もいる四十代です。基本的には、順調な人生だと思っているのですが、ふと「このままで良いのだろうか」という考えが過《よぎ》ります。なにかほかの人生があったのではないかと。

だからといって、なにかしたいわけでもないし、形にしたいアイデアもないし、自分が何を望んでいるかもわからない。でも、ときおり逡巡《しゅんじゅん》した感情に囚われるのです。緩やかな諦めの日々が続いている感覚があります。

先生が僕のような状況だったら、どう考えたり、行動したりしますか？

森　あなたの今の状況が、詳細にわからないので、なんともいえません。ただ、そういった願望を持っていることは、悪い状況でなく、むしろ良い状況ではないでしょうか、とは感じました。

そういった、現状を悲観的に見ることは、非常に好ましいと思います。そのような気持ちを大事に持って、やりたいこと、楽しめそうなことを見つけていけば、よろしいのではないでしょうか。

とりあえず、なにかを試す。そういった行動を起こして初めて、視点が変化し、これまで見えなかった新しいものに出会えるかもしれません。思っているだけでは、変化は僅《わず》かです。行動をしていないから、諦めが「穏やか」だと感じるのでは？

時間も体力もあるのですから、なにか行動を起こしてみて下さい。そうすれば「このまま」の意味も変わることでしょう。

Q 圧倒的な能力の差を見せつけられたときの諦め方

Q　優秀な人ってずるい気がするんです。

平気で努力の壁を越えていくじゃないですか。センスが違うのか、知能が違うのか、人間力が違うのか。多分全部です。

そうとしか考えられないくらい、能力の差を感じるときがあります。歯をくいしばって、自らの能力の低さを認めて頑張るしかないのでしょうか？上手な受け入れ方が知りたいのです。

森　おっしゃるとおりです。能力の差は、歴然としてあります。しかも「ずるい」のではありません。才能がある人たちには、それが普通なのです。才能だけではありません。体力も体型も違います。躰《からだ》が小さい人はプロレスラにはなれません。躰が大きい人は競馬の騎手にはなれません。「気がする」とか「たぶん」と疑うような問題ではなく、科学的な事実です。

また、人間なので、ピューマのように速くは走れませんし、鷹《たか》のように空を飛ぶこともできません。ピューマや鷹が、ずるいと思いますか？　同じ人間でも、大昔だったら、無礼だというだけで刀で人を斬り捨てることができました。大名の家に生まれれば、自然に大名になれました。彼らのことを「ずるい」と思いますか？

「能力の低さ」を認めるしかありません。ただ、何と比較して低いのかは問題です。あなたは、そこそこの能力を持っています。たとえば、これだけの文章が書けます。おそらく文章を読むこともできるのでしょう。読み書きができない人は、あなたを「ずるい」というでしょうか？

そういった、個人差や環境差は、受け入れる、受け入れないという問題以前に、絶対的に存在するものです。

あなたの問題は、「今日の天気を受け入れないといけないでしょうか？」と同じものです。雨が受け入れられないなら、家でじっとしてるしかありません（家を受け入れられるならですが）。雨を受け入れて、傘をさして出かけるのは、ずるいことでしょうか？

Q 諦めたら、やる気が出ない

Q 人生を諦めたは良いのですが、そうしたら、あらゆることのやる気が出ません。すべてが、どうでも良いのです。

休みの日は、食べて、寝て、ネットを見るだけです。

このまま漫然と死を迎えるしかないのでしょうか？
ある程度の健全なエネルギィを保ち続けるコツは何でしょう？

森　やる気なんかなくても、あなたは生きているわけですね？　それで充分ではないでしょうか。それが、「人生を諦めた」という意味です。健全なエネルギィを保ち続けることも、ついでに諦めればよろしいのではないでしょうか？　人生を諦めるよりも、だいぶ簡単だと思います。

「コツ」というものが、どういう意味なのか、僕にはわかりません。世の中にそういうものが存在するのでしょうか？　僕は見たこともないし、経験したこともありません。誰かが、そういうものがあると吹聴しているのでしょうか？　おそらく、それは宗教に近いものでしょう、と想像するばかりです。

僕自身、毎日沢山のことをしなければ生きていけません。食べたり寝たりするのもそうです。でも、それらに対して「やる気」をもって臨んだことはありません。やる気を出しても、特に良いことはなにもありません。それは「コツ」と同じく、「やる気」を信仰する宗教のようなものなのでしょう、きっと。

Q 結婚を諦めたときの人生戦略

Q 三十代中盤の男です。今まで彼女ができたことがないため、普通に考えて、結婚は無理です。出会いの場にも参加しましたが、上手くいきませんでした。僕はあまり条件の良いタイプではないのでしょう。

経済的には、まあなんとかなるかとは思いますが、将来の孤独だけが心配です。こんな僕に、アドバイスを下さい。

森 まず不思議に思った、というか、わからない部分は、結婚と孤独の関係です。結婚したら孤独でなくなる、とお考えのようですが、その根拠は何でしょうか？それから、僕は孤独が大好きで、良い状態だと思っているのですが、あなたは孤独が悪いものだと思われているようです。その根拠は何でしょうか？

この二点が理解できないため、ご相談の意味が、想像できません。

結婚によって発生するトラブルは、非常に沢山あります。結婚によって、経済的にも困難になるし、自由も制限されます。そういったデメリットを差し引いても、一緒に暮らしたいと思える人がいれば、結婚する手もありますが、今そのような人がいないのでしたら、結婚を考える必要はない、と思われます（おそらく、今はそう考えていらっしゃることと想像しますが）。

もう一点。たとえ結婚しても、配偶者とは（死別か離婚で）いずれ別れることになります。その場合、結婚したことによって一層大きな孤独に襲われるはずです。

人は死ぬときには例外なく孤独です。古代の王様でもないかぎり、誰も道連れにはできません。孤独を心配するよりは、孤独を楽しもうと考える方が現実的だと思います。孤独を楽しむためなら、結婚する手もあるかもしれません。

Q　夢を妥協するタイミングとは？

Q　自分には夢があります。それは、自分自身の趣味を完全に楽しめる家を造ること。しかし、そのためには、何千万単位のお金を注ぎ込まなければいけないし、住む場所も限られます。理解してくれるパートナも見込めません。

趣味のためだけの人生になるのは確実です。時間もお金も限られている中で、自分の趣味をとことん追求する勇気も、まだ持てずにいます。どこまで自分の欲望を追求すべきで、どのタイミングが諦めどきなのでしょう？

森　その夢を実現させるために、今まで何をお試しになりましたか？

その家の設計図はもうできているのでしょうか？　実際に建設費がいくらかかると試算されましたか？

パートナの方には、どのようなアプローチをされたのでしょう？　何故、理解が見込めないと判断したのですか？

お金が足りないのなら、仕事に励むなど、沢山の手段が考えられますが、あなたは何を試されましたか？

どこまで自分の欲望を追求すべきか、と疑問を持たれているようですが、「追求すべき」といった規制はありません。どこまで追求しても、誰も文句はいいません。

少なくとも、実際に時間とエネルギィをかけて、努力をされたのなら、「自分はここまでかな」というタイミングはわかるものです。山に登っているとき、体力の限界を感じれば、「これ以上は無理だから下山しよう」と判断します。登りもしないうちから、「どこまで登るべきか」「どのタイミングで諦めるか?」などと悩む必要はありません。

実際になにかを実行することで、その夢に近づけるはずです。たとえ夢が完全に実現できなくても、「夢に近づいている」という手応えで小さな満足が得られます。少なくとも、夢に近づいている人たちは、このような質問をしないと思います。

Q 忘れられない人がいる

Q 昔好きだった人の話です。

未だにSNSを見て、元気でいるかなとか、動向をチェックしています。自分は昔、その人にNOを突きつけられた立場なので、今さらどうこうしたいとかはありません。ただ、ずうっと脳みその中にこびりつき、幻影に振り回されている気がします。

自分の良い時期が、すべてその人との思い出に結びついているのです。その人と、今のパートナを比較してしまうのも嫌です。

こうした存在を乗り越えるにはどうしたら良いのでしょうか？

森　「乗り越える」の意味がわかりません。乗り越えなかったら、どうなるのでしょうか？　今はまだ乗り越えていないのですか？　どうして乗り越えないといけないのでしょうか？　今の状況の何が悪いのですか？　何が問題なのかが、よくわかりません。

たとえば、子供のときに子犬を飼っていて、その犬がいなくなってしまった。その子犬のことが忘れられず、今もときどき写真を見ている。今飼っている犬と比べてしまうことがある。これを「幻影に振り回されている気がする」とおっしゃっているとしましょう。

それは、たしかにそのとおりですが、言葉どおり、「気がする」程度の問題です。

乗り越えなければならないほどのものでしょうか？　良い思い出として大切にされればよろしいのでは？

Q　やりたい仕事を諦めるべきか？

Q　二十代後半の女性です。現在の会社には、もともと企画志望で入社をしました。ところが、入社して以来ずっと営業部門に配属され続けています。強い意志で会社を辞めるなりすることも考えたのですが、今以上に待遇の良い会社で企画の仕事をできる保証もなく（むしろその可能性は非常に少ないでしょう）、行動に移せずにいます。

「置かれた場所で咲きなさい」の心情にも近いのですが、この方針で、二十代の若い時期を過ごして、のちほど後悔しないかどうか不安です。

森　仕事というのは、自分一人で決められない、他者との関係の上に成立しているものですから、全員がそれぞれ、すべて納得のいくようには運びません。それはわかっていらっしゃることと想像します。「強い意志」かどうかはわかりませんが、夢を追うために転職するかどうか、という判断は、メリットとデメリットを確率的に天秤にかけることになります。

「後悔しないようにしたい」というのは、よく聞かれる言葉ですが、いくら考え抜いて決断しても、運が悪いときには、その判断が間違っていた、と考えがちです。でも、それは単なる結果論にすぎません。もともと、そういったリスクは考慮されていたはずなので、あとは確率の問題です。馬券を買っても当たらなかったから、別の馬に賭けておけば良かった、と後悔するのと同じです。

明らかに判断材料を見誤った場合であれば、それを教訓にして、今後の判断基準として反映させることができますが、それでも過去へ時間を戻すことはできません。チャンスは未来にしかないのです。今という時間は、過ぎてしまえば取り返せない、という当たり前のことに悩むのも、どうかと思います。

将来後悔しないためには、今、とことん考え抜くしかありません。可能な限りの観測と、精一杯の考察が、今できることです。できるかぎりのことをしていれば、不運に見舞われても諦めがつくでしょう。

Q　この歳まで、なにも成し遂げられていない

Q「俺はこれをやった」という仕事が、五〇歳近くなって、ほとんどありません。諦めるのは早いでしょうか？
これからそういう仕事をするよう頑張るのか、そういう無駄な気持ちを持たないようにするのか、あるいは別の道か、どうすれば良いでしょうか？

森　仕事というものは、「これをやった」というものが存在しなければ、賃金を得ることができません。もし、仕事をして賃金を得ているなら、なにかはしているはずです。「ほとんどありません」とおっしゃっているのは、おそらく謙遜なのでしょう。
「これをやった」と他者に語れるものがない、という意味かもしれませんが、仕事でなにをしても、大して威張れるようなものではない、と僕は考えています。威張るために仕事をするわけではないからです。

仕事は、対価を得るために、自分の時間と労力を差し出す行為のことです。賃金が得られたら、それが「やった」ことのすべてと考えるべきです。

どんなに目立つことをしても、あるいは、どんなに人から感謝されることをしても、それが仕事だったら、偉くもなんともない、と僕は感じます。大変な作業、あるいは才能がなければ成立しない作業であれば、それに応じた賃金が支払われているわけですから、そこで帳尻が合っている。誰にもできる簡単な仕事をして、少ない賃金を得ても、誰にも真似ができない仕事をして、多くの賃金を得ても、どちらが偉いわけでもありません。

たまに、「あの橋は俺が造った」とか「ひと頃一世を風靡《ふうび》したものだよ」とか、過去の仕事の自慢をする人がいますが、ちょっと派手な服を着ている人、程度の印象で、服が人間の価値を高めているようには見えません。

もし、人に語れるようなことがしたいのなら、ボランティアとして奉仕活動をされるのが適切でしょう。見返りを求めない作業の方が、仕事よりは少し偉いといえます。でも、人に語れることが見返りになっているとしたら、それほどでもありません。

そんなことよりも、自分の趣味に没頭して、俺はこれをやった、と自分一人で悦に入《い》る方が、よほど健全なのではないか、と僕は思いますが、いかがでしょうか。

Q　どきどき・きらきらのない人生

Q　四十代の既婚男性です。もう自分の人生に「恋愛」はないのでしょうか？　それを求めるとすれば、あらゆる程度がありますが、つまるところ「不倫」ということになるのでしょうか。
妻を人間として裏切りたくはないので、不倫はしたくないなと思うのですが（まあ、もてないんだから取り越し苦労ですが）、どきどきやきらきらきらがない人生も、元気が出ないものです。

打ち込める仕事や趣味を見つけなさい、なのでしょうか？

振り返れば、人生におけるどきどきやきらきらの「総量」が、「これっぽっち」で

「終わり?」ということに愕然《がくぜん》とします。

幸福感は、きゃあきゃあ言われた総量に比例する、という幻想が抜けません。こういう思いは、幸せだからこそのふざけた悩みだともわかっており、日常が失われたときにその価値に気づいても遅い、ということも自覚していますが、「気分」なのでどうにもなりません。

どうか、助けて下さい。

森　世の中に存在するほんの僅かな一部のものにしか、どきどきやきらきらがないと思われているようですし、その中でしか、ご自分は元気が出ないと感じられているようです。さらには、周囲がきゃあきゃあ言うことでしか幸福を感じられない、と認識されているわけですね。

ただ、本当にそうなのか、と疑っているのは、歳を重ねて、多少は理解が広まってきたからなのかもしれません。

人生はこれからともいえます。若い頃の「気分」を無理に引きずらない方が、このさきは生きやすいと想像します。
もちろん、すべては自分で納得される道を選んで下さい。
あらゆるものが、取り返しがつかない、というのが人生です。

Q あの人と結婚していたら

Q 結婚して一五年以上になり、子供も二人いるのに、何故この人と結婚したのか、自分と合わないのではないか、別な女性と結婚した方が幸せだったのではないか、このまま暮らしていると身体に良くないのでは、との思いが毎日頭を過ります。

当時、ほかに結婚までいくぐらい長くつき合った人がいたわけではないので、現実問題として「あの人と結婚してたらな」という人物は、特には存在しないのですが、「早まったな」とは思うのです。

自分は自己中、「べき」思考の塊《かたまり》、気難しいので、合う人間などいないかな、とも思うのですが、子供が成人するまで忍耐でしょうか？

森　結婚というものに対して、大いなる期待を抱かれているように見受けられます。あるいは、他者に依存している、ともいえるかもしれません。非常に限られたものにしか「幸せ」を感じられない、と思い込んでいるのは、どうしてでしょうか？　もっといろいろな幸せが、あるはずですし、それは、あなた個人の中から生まれてくるもののはずです。

家族は、人生のほんの一部でしかありません。ご自身と向き合い、自分が何をしたいのか、をもう少しお考えになってはいかがでしょうか？

ちなみに、人生の時間の中で、子供という家族がいるのは、ほんの一瞬といって良いほど短期間です。そのときにしかできない経験をしておくのも一興かと。

Q　ものごとを面白がり続けるには？

Q　自分の考えること、たとえば、テレビを見ていて頭に過る感想が、おそろしくつまらなく、いや、最近では「へえ」か「こいつは嫌だな」以外の感想が出てこないことが多く、そんな自分が不快であり、情けなくなります。

無駄に歳だけ食った頭の固い老人予備軍だ、と呆れます。歴史、音楽、美術、政治、経済、流行りもの……一分以上語れるジャンルが、なにもありません。なんの話題もない、初老の老いぼれた男。勉強してこなかったからしかたありません。見聞の狭さ、教養の浅さに呆然とし、しかし、これから頑張ろうと本を読んだりしても、記憶力、理解力もめっきり落ちて身につきません。

いろいろ書きましたが、今の望みは、「さっぱり」した気分で、いろんなことを「面白がりたい」。「それだけ」なのですが、諦めなければいけないでしょうか?

森　実際に何を試されましたか?　というのが、この種の相談に対するお答えの定番です。
なにかを少しでも試す、実際に行動すれば、見方も考え方も変わってきます。元気とか気分とか興味などといったものは、簡単に現れたり消えたりしますが、しょせん大したものではない、といえます。そういった小さなものに囚われるよりも、自分で考え、自分が今できることを試してみましょう。

なにもしないうちから、「諦める」ことを考えて悩まれているわけですが、なにもしなければ、諦めることさえできません。なにかやってみて、壁にぶつかったときに、「そうか、これが諦める機会というものか」とわかることでしょう。

無駄に歳を取った、とおっしゃっていますが、生活するだけで大変だったり、家族のために犠牲になった時間というのもあることと想像します。「こんな年寄りになってしまった」と嘆くよりも、今からでも、なんでも始めてみてはいかがでしょうか？もし、やってみて駄目だったら、別のものを試してみましょう。二〇くらい試してからでも、駄目だと諦めることはできます。

そうですね、とりあえずは、テレビを見ることをやめてみてはいかがでしょうか？やめることも「行動」です。時間がそこに生まれます。なんでも自由にできる、自由に考えられる時間です。一番良いのは、勉強でしょう。勉強をされることをおすすめします。

ただし、人に「語れる」ようになるためにするのではありません。そこをお間違いなく。

謝辞

ご協力というのか、ご相談をいただき、感謝いたします。返答がお気に召さなかった場合は、上がった血圧を利用して、是非問題解決に活かしていただければ、と思います。

総論として

多くの方が抱えている「諦め」に関する悩みは、「諦めたい」のではなく、「諦められない」というもののようだ。これはつまり、「未練」である。しかも、視線は過去へ向かっていて、あのときのことが忘れられない、というもの。

おそらくこれは、「忘れる」ことが「諦める」ことだと認識されているからだろう、と想像できる。根性ドラマのコーチは、悩んでいる選手に檄《げき》を飛ばす。「それは忘れろ！」と。また同時に「諦めるな！」とも言う。悪いことは忘れて、良い夢は諦めるな、というわけである。実に都合が良い。

ところで、「忘れる」というのは、どういう行為なのか？

誰も深く考えずに、この言葉を使っているようだが、忘れることは「できる」ことだろうか？　少なくとも僕は、自発的に忘れることはできない。コンピュータみたいにゴミ箱に捨てて、「はい、お終《しま》い」という仕組みに頭はできていない。「忘れたい」とおっしゃる方は多いが、それは「忘れられない」ことが前提だからであり、たいていの人間は、自分の意志で忘れることなんてできない。

「諦める」というのも、たしかに「忘れる」に近いかもしれない。「諦める」は、情報として忘れる（消去する）のではなく、覚えてはいるけれど、当時の情熱や元気などの感情が湧いてこない状態にする、ことを示しているようだ。いずれにしても、感情的な変化として、「忘れる」や「諦める」という表現が使われている場合が非常に多い。

ところが、前章でも書いたし、相談に対する回答でも繰り返したように、僕が「諦める」という言葉を使うときには、客観的な情報を得て、理論的な判断を下すことが前提となっている。どちらに利があるのか、いずれが安全か、両者の確率はいかほどか、という評価によって、「諦める」のだ、と僕は説いている。

周囲からどう見られるのかを気にしすぎ

感情を引きずっている人というのは、理屈ではわかっていることでも、何故か「気になり」「気がして」しまい、それを「忘れる」ことができない自分を情けなく感じている。この「情けなさ」を感じるのも、理屈ではなく感情である。

これに対して、僕は、べつに情けなくても良いではないか、誰かから情けないと言われても、みんなにそういう目で見られても、特に実害はないだろう、と突き放した返答をしている。

実際、僕自身は、人の目を気にしないし、誰からどう見られようが一向に構わないし、そもそも周囲に対しても、「皆さんを安心させてあげましょう」とか「一人残らず良い気持ちにさせますよ」なんて言うつもりもない。僕は、僕が自分をどう見るか、を気にしているだけである。

どちらが良い、悪いという問題ではないと思う。僕のようにしなさい、などと言う気はさらさらない。でも、僕から見ると、少なくとも大勢が自分のことを見ていないし、自分の考えを突き詰めていない。周囲のことばかりを（しかもぼんやりと）気にしているように見えてしかたがない。

だから、「少しは自分を見直してはいかがか」という物言いに、どうしてもなってしまう、というわけである。

人間としても模範という幻想

それから、なにか型にはまった模範のような生き方がある、という幻想を多くの方が抱いているようにも観察される。

子供の頃から、テレビや漫画などで、そういったドラマを繰り返し見ているだろうし、マスコミが取り上げる「美談」などでも、「これが人間のあるべき姿だ」という単純化が顕著である。エンタテインメントでは、わかりやすく、大勢が共感しやすいものが取り上げられるので、必然的にそうなってしまうためだ。

不屈の精神でもって努力を積み重ね、歯をくいしばって目標に向かっていく、そんな人間像が、フィクション・ノンフィクション問わず、いつも描かれる傾向にある。また、そういう人に人気が集まり、結果的に周囲に認められて、成功者になるというストーリィが繰り返されている。スポーツだったら金メダルであり、勉強だったら東大だし、金持ちになり、美人と結婚し、プールのある豪邸に住む、といったパターンが、スクリーンに映し出されている。

だが、実際にはそうではない。同じ努力をしても、成功に届かない人がいくらでも存在する。そうした多数があるからこそ、一部の成功者が際立つようにできている。成功した人は、努力を積み重ねたから成功できた、と語る。実際にはそれだけではないのだが、ストーリィとして取り上げやすい。

子供の頃から、その種のサクセス・ストーリィが目の前にいくつもぶら下がっていた。だから、多くの人たちは、そこへ向かって走りたい、と期待する。誰もが、自分にも可能性がある、と信じてきた時期があったはずだ。

全員が自身の限界を知ることになる

だが、結局は確率的に、大勢が目指す目標を途中で諦めなければならなくなる。これは、誰にも否定できない数の論理といえる。そもそも、一部に富が集まってこその「成功者」なのだから。

では、どこに問題があるのか、といえば、「諦めるな」と教えた、その精神論である。明らかにそれは間違っていた、といわざるをえない。諦めなかったから、成功したのではない。成功できた人は、諦める必要がなかっただけだ。

また、たとえ成功した人であっても、長くその位置にはいられない。いずれ衰えて、その座を明け渡すことになる。「成功」とは、一時的な状態にすぎない。

ということは、誰もが例外なく、自分の限界を見ることになる。それは当然だ。すべては有限なのだから、いずれピークを迎え、そののちは下り坂になる。それを「潔く諦めきれない」と思っても、口にしても、訴えても、事態は変わらない。

人生は有限である

そもそも、「諦める」ことが、これほどネガティブな印象の言葉になってしまったのは何故なのか、と考えてみよう。まるで奴隷に鞭打《むち》つように「諦めるな」と教えたことが、ことの発端ではないだろうか。

人生は無限ではない。個人の可能性も有限だ。自分が持っている時間と能力によって可能な範囲は知れている。それは人によって差があり、さまざまだが、その強さや大きさを比べられるようなものではない。小さなことでも自分が満足できれば幸せが摑めるし、大きなことに挑戦して挫折する人生もある。

誰かから植えつけられた欲求を捨てきれない、という人が沢山いるようだが、もし自分で創造した楽しみであったら、諦めるもなにもない。そんな発想にもならないし、悩むこともないだろう。途上であっても、ずっと楽しいし、失敗も成功も楽しい。一人で毎日うきうきしていられるはずだ。僕には、そういう人こそ、本当にきらきらと輝いて見える。

とりあえずここでは、よけいな感情、すなわち煩悩《ぼんのう》を諦めて、座禅《ざぜん》でも滝に打たれるのでも良いから、修行に身を投じてはいかがか、ということを書いておきたい。

自分の楽しみがあって、そんな暇はない、という人には、無駄なアドバイスであるけれど。

［第3章］

何を諦めるべきか？

人を諦める

「諦める」という動詞の目的語について、ここではもう一段、掘り下げて考えてみよう。諦めるものは何か、という問題である。

まず、第一に思いつくのは「人」だ。誰かのことを諦める、という場合である。自分と関係がある人、多くの場合、なんらかの利害関係のある他者との関係を断つ、という意味で「諦める」を用いる。

人といってもいろいろである。家族なのか、恋人なのか、友達なのか、仕事関係の人間なのか。それとも、ただ一方的に恋焦がれている対象、たとえばアイドル、有名人、推しの人、それとも思想的に尊敬できる人物などなど……。

他者の場合、その人の何を諦めるのか。その人との関係？　その人から得られるはずだったもの？　ひっくるめると、その人への「期待」だろうか。

もちろん、自分を諦める場合もある。

多くの場合、自分の才能や可能性を諦める、見切りをつける、という意味で使われるだろう。

問題や努力を諦める

なにかの問題の解決を諦めることもある。解決に向けて努力したけれど、埒《らち》が明かないという場合だ。研究などでも、難しい問題に取り組んでみたところ、解決には至らない、と途中で諦める。そもそも解決できる問題なのか、と疑われることも多い（解決ができないと判明すれば、それは一種の解決だが）。

問題解決においては、自分の時間と労力が消費される。消費はどんどん増加するが、答はちっとも得られない。もの作りのように、形になるような途中成果物がないのが、問題解決の道である。このままでは、時間も労力も無駄になりはしないか、という判断を迫られる。ほかの問題にそのエネルギィを向けた方が良いのではないか、と比較する場合も多い。このときも、諦めのタイミングが重要になる。

問題解決ほどではないが、一般に、今まで努力を重ねてきた、未来に向けても夢を実現するために努力をするつもりだった、というような場合でも、「諦める」とこれまでの努力が無駄になってしまうように感じられる。逆にいえば、諦めるためには、積み重ねてきた、なにがしかの価値を捨てる必要がある。

商売などで、商品の売り上げが伸びても、どこまでも増加するわけではない。いずれは頭打ちになり、その後は低下する。発展し、成長するものは、どこかで限界に達する。これは、例外のない真理である。

であれば、いずれは諦めることになる。そのタイミングをどう測るのか。これも、観察力と判断力を伴うリーダに求められるセンスといえるだろう。

社会や環境を諦める

稀《まれ》に観察されるものとして、社会を諦める、環境を諦める、世の中の人々を諦める、という物言いをする人がいる。厭世《えんせい》的と表現されることもあって、おおまかにいえば、楽天的の反対、すなわち悲観的な姿勢といえる。

世の中に価値がない、だからこんなところで生きていく意味もない、と考えるのだが、これは裏返せば、「この世に存在する自分」に価値を見出せないことと等しいので、前述の「自分を諦める」のと同質と見ることもできるだろう。

それに、「世の中」という場合にも、多くはごく局所的な周辺の人々を示すことが多いので、複数の人間関係に絶望したといえるかもしれない。

温暖化が進行する地球環境について諦めている、という人もいるかもしれないが、これは厭世的とはだいぶ違うだろう。むしろ、経済が主軸となった政治に対する不満と捉えられる。

テロなどの破壊行為も、この種の諦めが理由の一つとして挙げられる場合が多いようだが、僕が感じている範囲では、個人的な復讐に起因していることがほとんどだ。その場合は、暴力による復讐という形でしか不満が解消できない社会に対する諦めといえるかもしれない。

「諦める」は「期待」の反対語

これらをすべて抽象化すると、つまりは「期待」の裏返しであることがわかる。なにか良いことがあると近づき、なんらかの関係を結ぶものの、その条件に変化があって、当初の期待が続けられなくなり、関係が破綻《はたん》することを「諦める」というようだ。もっと簡単にいえば、「期待する」の反対語が「諦める」であるとも考えられる。

ただ、これまでにも書いてきたように、ただ期待する程度なら、その期待をやめれば良いだけだ。これは、「忘れる」に近い。四六時中頭にその期待があるわけではない。ときどき思い出すだけで、それ以外は忘れているはずである。ということは、「諦める」だって、単に少しの間、別のことを考えるだけで「期待」から離れられるはずだ。

したがって、ただ期待しているだけなら、諦めるのも簡単である。「諦めることは簡単だ」という歌詞をどこかで聴いたことがあるけれど、それは、最初から「期待していただけ」だからである。ようするに、実際に行動や実績が伴っていない状態、ただぼんやりと頭に思い描いて、「そうなったら良いな」と願っていただけの「期待」だから、いつでも手軽にやめられるというわけである。

損害の蓄積が引き金になる

「諦める」には、もう少し重みがある。それは、無駄になるもの、断念して捨てることになるものがある、という重さである。これが、「行動」に集約される、つまりは時間と労力、すなわちエネルギィである。

消費したエネルギィは、目的が達成されなければ、「損害」になる。願っているのをやめるだけとは、ここに明確な差異がある。

多くの場合、諦める決断をする以前に、損害が蓄積しつつある。わかりやすくいえば、赤字が蓄積している状況だ。このまま放っておけば、赤字はもっと大きくなる、だから、今までその目的に投じた資金を諦めて、方針転換する決断に迫られる。

例外として、赤字が出ていなくても、諦める場合もあるかもしれない。それは、黒字が期待よりも小さい場合である。このあたりは、相対的なもの、つまり、期待の大きさとの比較によるだろう。

こうして考えると、「諦めたい」「諦めきれない」という悩みは、まだ期待が残っている心境であることが理解できる。淡い期待を寄せていることを自覚して、もう少し自分の未来を見つめた方が有意義かもしれない。

「諦めた」と言いながら、まだ期待している

同様に、不満をぶつけるような口調で「諦めている」と腹を立てる人も、実はまだいくらかの期待を持っている証拠といえる。不満というのは、期待があるから生じるものだ。まったく期待していなければ、不満でもなんでもないし、諦めるといった動詞にも無縁といえる。最初から近づかないし、気づいて、すぐに離脱できるはずだ。

したがって、「諦められない」多くの人が、依然として「期待」を寄せていることは、ほぼまちがいない。そして、期待を寄せているわりには、そのことでなんら対処（行

動）をしていない、という実情がある。

思っているだけ、願っているだけなのに、自分は「諦めたい」「諦めようとしている」「諦めきれない」という言葉に還元して、はっきりしない気持ちを表現しているのだ。

だが、はっきりさせないように仕向けている人が、どこかにいるわけではない。自分がはっきりさせたくないから、もやもやとしている、といえるだろう。その意味では、願ったとおりの状態になっているともいえる。

無意識のうちに、その自分がなりたい状態にあることを、周囲に語っている（無意識のうちに誇っている）といっても、間違いではないかもしれない。このように、言葉にしていくと、気づくものがきっとあるのではないか。

価値の比較によって諦める

さて、そうではなく、実際に多くの時間と労力をかけてきたものを諦める場合もある。

これが本来の「諦める」であり、この言葉に相応《ふさわ》しい状況といえるだろう。

前章の相談の中には、これに該当する「諦め」は少数派のように思えたけれど、たとえば、結婚をして長年築き上げてきた家庭、あるいはずっと働き続けてきて、ある程度仕事を覚え、それなりの地位に就いたといった状況で、その立場を捨てるという場合には、本来の意味での「諦める」に当てはまるだろう。

このように、既に手にしているものを捨てても、新しいものを手に入れたい、と思うのは、その目標なり夢なりが、相当に強い魅力、あるいは価値を持っている場合にほかならない。そうでなければ、交換を迷うようなこともない。もしそちらの魅力が非常に大きいときには、諦めるどうこうの猶予もなく、即座に飛びついていくことになるので、本人には、なにかを「諦めた」という意識さえないだろう。

価値の大小の比較ではなく、諦める行為に対して道義的、倫理的な批判を受ける、というリスクを背負う場合もある。さらに、違法な行為であれば、リスクはもっと大きくなり、自分の人生を棒に振るほどの代償を支払わなければならなくなる。この場合は、メリットの比較ではなく、新価値を我慢することと、リスクを背負うことのデメリットの比較となる。しかし、価値を比較するという意味では同じだ。

人生における数々の判断は、どちらを採用し、どちらを捨てるか、という選択に帰結するものであり、いずれを「諦める」のか、という問題だ。

後悔しないための方法

どちらも欲しい、というわけには普通はいかない。どうして両方を採用できないのか。それには、いろいろな理由があるが、不可抗力としてのしかかっている条件であり、そこから逃れることができないからこそ、選択を迫られるのだ。

もし、自分は諦めたくない、つまり、欲しいものはどちらも手に入れる、という人生を歩みたい人は、選択を迫られる立場に自身が追い込まれないように、あらかじめ入念に考え、予防策を講じるなど、完璧に計画をしておくしかない。絶大な思考力と、それなりの実行力が必要となるだろう。けっして不可能ではない、そんな人生もあるにはある。いわば、これが「後悔したくない」という生き方である。

もう少し緩めの方策としては、次のような手法が考えられるだろう。

未来の予測を怠《おこた》らず、できるだけ予防線を張っておくことは、そのとおりだが、残念ながら思考力が完璧でなければ、予期せぬ場面も到来するだろう。しかし、そうなったときはしかたがない、という「諦め」をあらかじめしておく。つまり、精神的な対処を事前にしておくこと、である。これは、簡単な言葉にすると、「覚悟」だ。

やれるだけのことをしておく。人に頼らず、自分の判断で選択するように努める。そうすれば、万が一失敗があっても、人のせいではないから、腹を立てることもない。自分を責めるにしても、やれることはやったのだから、後悔するような理由もない。悔やむならば、あとではなく、さきにしておくべきだ。

すなわち、「今の時点では、自分にはこれが精一杯だ」と悔やんでおく。そうすれば、のちに後悔することにはならないはず。そういう道理である。

過去ではなく未来を諦めておく

未来の失敗を覚悟し、起こりそうな最悪の事態を想像しておく。そうすれば、現実はそれよりも良い結果になる可能性が高い。したがって、後悔しない人生をまあまあ歩むことができる、というわけである。

「諦める」ならば、早めに諦めておく。そういう気持ちになっておく。でも、実際には諦めずにチャレンジしてみる。すると、駄目だったときの気持ちのシミュレーションができているので、失敗しても、「あらら、やっぱりね」で済む。

実際、後悔したり、くよくよして落ち込んだりするのは、非常に時間の無駄である。そんな時間があるのなら、さきにその時間を使って、悲観的に予想しておく。事前に悔やんでおけば、覚悟ができるという精神的安定のほかにも、好ましくない可能性を思いつき、実際に最悪の事態に対処する準備ができるかもしれない。そうなったら儲《もう》けものである。

「どうせ失敗するだろう」という事前の「諦め」は、こういった意味で有用といえる。実際に失敗してから諦めるのでは、手遅れなのだ。

わかりやすくまとめるなら、過去のことを諦めたり、諦めようとするのではなく、未来のことを諦めておいた方が良い、となる。悲観的な予測をすれば、なにも手を打たない場合でも、少なくとも冷静さの維持に寄与するだろう。

自分に対する評価に不満がある

本章の最初に、何を諦めるのか、という対象を挙げたが、多くの人が諦める対象としているのは、やはり人間であり、その中でも多いのは、自分、あるいは身近な他者のいずれかだ、といえる。遠い人に対して「諦める」ようなことはまずないからだ。

自分を諦める対象としている人は、自分の能力を諦める、自分の性格、容姿、履歴、あるいは周辺環境などを「諦める」と口にするものだが、実際によく話を聞いてみると、周囲から見られている自分を気にしていて、要約すれば、みんなに「認められない自分」を諦めている。

裏返せば、自分に対する評価に不満を抱いているわけだから、どちらかというと周囲の他者に対して「恨《うら》めしい」感情を持っているように観察される。「自信がない」というような、一見「劣等感」を語っていても、実は周囲の理解を諦めている、といえる。

また、身近な他者に対して諦めを持っている、と語る人の場合も、対象が特定の個人であるという違いがあるだけで、実際には、その他者の自分に対する評価に不満がある場合がほとんどだ。


いずれにしても、人間の精神というものは、人を恨みやすくできている。なんでも、他者に不満をぶつける。気に入らないことは、すべて他者に原因がある、と思いたい。そういう思考に陥《おちい》りやすい、ということを、まず自覚した方が良い。

非難されたら敵だ、という反応

このようなことを書くと、自分が非難されていると感じる人がいて、文章を読んだだけで、「この作者は嫌いだ」と敵視する。そういうのも、人間の特質といえるだろう。

蛇足であるけれど、劣等感から他者を恨んだり、対人関係を拒否したりすることの心理的な説明をしているだけだ。そういう人間が「悪い」という話ではない。悪くない。

ごく普通だ。誰でもそういう傾向を少なからず持っている。ただ、そういったことが外部からの観察でわかるほど顕著な人が少なくない、という話である。

誰にも欠点はある。だが、欠点を指摘されただけで、「非難された」と思い込む人がいて、それは早合点《はやがてん》というものである。「褒められたら味方で、貶《けな》されたら敵だ」という単純な反応というのは、なにかに取り憑かれているか、幼い子供の精神だといえる。いわば動物的な反応であり、実は誰もが持っているものでもある。だが、成長した大人ならば、それを理性で抑えることができるはずだ。理性というのは、自身の欠点を理解し、自分に対して本質的な指摘をしてくれる他者の言葉に耳を傾ける方が得だ、という計算のことである。

大勢の大人に囲まれて育った子供たち

現代の人たちに多く見られる症状として、「子供の頃の環境が諦めきれない」というものがあるようだ。平和な社会が長く続き、全般的に、平均的に豊かでゆとりのある家庭環境になった。もちろん、そうではない貧しい環境もあるものの、昔に比べれば明らかに減少した。

特に、子供が少なくなった。一方では、寿命が伸びて、元気な年寄りが増加している。「孫の顔が見たい」という言葉が昔からあるけれど、それは、そんな歳《とし》まで生きていたいという願望を表していた。今では、孫が大人になるほど成長しても、まだ祖父母はぴんぴんしている場合が多い。昔よりも結婚や出産の平均年齢が上がっているのにもかかわらず、である。

かつては、孫というのは二〇人も三〇人もいる場合が珍しくなかった。僕の両親は、七人兄弟と五人兄弟だったから、おじさん、おばさんは、二〇人いた。従兄弟は五〇人くらいいる。子供が大勢いる社会では、大人が大勢の子供を育てたわけだ。

今は逆である。子供よりも老人の方が多い。子供たちは、大勢の大人に育てられる。公園にいるのも、ほとんど老人だし、観光地を歩いているのも老人ばかりだ。遊園地だって、子供の数は少なくなった。

僕は、少子化を問題だ、と書くつもりはない。実は、僕は少子化に賛成である。人口を減らすことが地球環境の要《かなめ》だと考えているからだ。急激に減らすと、短期間ではあるけれど、アンバランスな少子化社会になる、というだけだ。その期間をなんとか凌《しの》ぐ必要はあるが、増えた老人も死んでいくから、いずれはアンバランスが解消することはまちがいない。その意味で、僕は「少子化については諦めている」人間である。

ただ、大勢の大人に囲まれて育った子供たちが大きくなると、どうなるのか、という点を少々心配している。それが、今の若い人たちである。

煽てられて育つ子供たち

両親からも、祖父母からも、また学校でも、近所の大人たちからも、彼らはほとんど叱られていない。昔は沢山いた「怖い大人」は、今ではほとんどいない。怖いのは、知らない人だけである。

褒められて、煽《おだ》てられて育っている。子供たちを喜ばせようと、大人が一生懸命に考え、頻繁にそういったイベントが開催される。そこで大人たちは写真を撮り、子供たちに希望を与えた、と陶酔《とうすい》している。

入学式や卒業式に両親が同伴するようになった。運動会にもやってくる。僕が子供のときには、こんなことはなかった。式はあったけれど、仕事を休んでまで駆けつけるなんて非常識だし、子供の写真を撮るなんて恥ずかしい行為をする人間は少なかった。写真が趣味のオタクの人は、こっそり隠れて撮ったものである。

成人式に全員が参加するなんてありえなかった。僕はもちろん参加しなかった。町内会長が、僕の家に総代をしてほしい、と頼みにきたと母が話していたが、「へえ」と鼻で笑っただけである。誰もやりたがらないから、みんなに声をかけているのだ。

大学の卒業式も参加しなかった。馬鹿馬鹿しいイベントだな、と思っていただけである。念のために書いておくが、不良だったわけではない。入学式は、出席したけれど、ジーンズとかの普段着で行ったはずだ。親は、いつが入学式かも知らなかっただろう。

だから僕は、自分の子供たちの幼稚園、小学校、中学校などの「式」に行ったことは一度もない。子供たちから「来てくれ」と頼まれた覚えもない。僕の奥様（あえて敬称）は、たぶん出席したのではないか、と想像する（聞いていないし、それは彼女の自由である）。写真を撮ったかもしれないが、僕に見せてくれたことはない。

「ちやほや」がなくなると不安になる

話が逸れたが、こういった（大人からちやほやされる）環境で育った人というのは、周囲が自分のために祝ってくれることが、当然だと認識するだろう。また、みんなで一緒に喜びを分かち合おう、という状況が「喜び」であり「幸せ」だと思い込まされるだろう。

けっして悪くはない。しかし、そういうものが、大人になったあとになくなると、自分は社会から阻害されている、と不安になる。簡単にいうと、いつまでも巣立つことができない大人になる。これが、「子供の頃を諦められない大人」というわけである。

再度、念のために書くが、このような現代の若者たちを非難しているのではない。そういうふうになるな、と書いているのでもない。ただ、社会の傾向として、このように観察される、ということ。特に大きな問題ではないし、このままで良いと思っている人は、自信を持って生きていただきたい。

しかし、自分がそういった環境の影響を受けている、という状況を知る、つまり自覚することは大事だと思う。知っていれば、必要を感じれば修正ができるし、広い視野を持つことも可能だ。気づかないうちに自分の可能性を狭めている、すなわち不自由であることに気づく価値はある。少なくとも、損はないだろう。

何故一年に一回だけなのか?

前章の相談に、「きらきら輝きたい」という夢を追っている人がいらっしゃったけれど、これも、子供の頃のイベントに発しているように想像される。たとえば、今の子供たちは、誕生会を必ず行うらしい。僕はそんなものはしてもらったことはないし、また、出席したこともない。誕生日の何が嬉しいのだろう、と不思議に思う。

同様に、結婚記念日とかも、べつになにもしない。特別な感情を抱かない。結婚相手に感謝したいなら、毎日すれば良いではないか。年に一度だけなんて、もの凄く理不尽ではないか。

災害があったときにも、復興のイベントが開催される。何故、年に一回だけなのか。何故、全員が同じ時間、同じ場所に集まってしなければならないのか。そんなエネルギィがあるなら、それこそ復興に使えば良い。イベントをする暇があったら、やるべきことがあるだろう、と僕は思ってしまう。だから式には出ない。

「みんなで思い出し、忘れないようにしよう」という言葉を聞くが、その程度の意識なら、むしろ忘れた方が良いだろう。思い出すためにやる、という意味がまったくわからない。

偲《しの》びたい人は、それぞれが、いつでもどこでも、思う存分に偲べば良いだろう。大勢で一度に偲ぶことの意味は、何だろうか？　大勢だと、どんな「力」になるのだろう？

ただ、そういう「式」が好きな人たちがいることは知っているし、それは個人の「趣味」として尊重すべきものだ。自分がやりたいことをするのが自由である。人を誘わなければ、迷惑でもないから、なにも問題はない。

歴史的に見て「諦め」は減少している

僕は、他者を説得することを諦めているし、自分の主張を通すことも諦めている。諦めることで、争いを避け、まあまあの調和を維持することができるので、大事なことだと学んだ。

一方で、イベントが趣味の人たちは、大勢を集めようとやっきになる。そこが間違っている。同じ趣味の人たちだけで楽しめば良いではないか。何故、全員参加にするのか。「人それぞれだ」と諦めてもらいたいものである。そうすれば、より良い社会になるだろう。近頃問題になっているパワハラなども、結局はこの無理解から発しているのだ。

僕が生きてきた間にも、まず「差別」がいけないと社会問題になり始め、次に「いじめ」が問題になり、さらに、「セクハラ」などのハラスメントが取り上げられるようになった。かつては、普通に横行していたものだ。

お茶を淹れるのは若い女性だ、などという共通認識があったから、多くの女性はその環境を「諦めて」いたはずだ。逆に、男性が化粧や女装をすることだって、おおっぴらにはできなかった。さらにもっと昔には、身分というものを超えた人生は考えることさえできなかった。生まれながらにして、人の一生はほとんど決まっていた。

そういう意味では、昔ほど人間はいろいろなものを諦めていたわけである。できないものはしかたがない、と考えることさえなかった。しかし、一つは科学の進歩が、数々の制約を取り払ったし、二つめには、民主主義という社会のシステムによって、個人の自由を尊重する方向へ思想的な発展があった。諦めなくても良い時代になったのだ。

そういった時代の方向性から、「諦める」ことは「不自由」で好ましくない印象になり、逆に、「諦めるな」という言葉が、人々を元気づける決まり文句になった。ちょっと思い浮かべても、「諦めろ」という歌詞などは思いつかない。応援するときには、「諦めるな」と必ず言う。「諦めなさい」と諭すようなものはない。

上り調子を諦めない世代

日本の社会も、戦後の成長期にあって、いわば「いけいけ」の時代だった。すべての行為が「登る」イメージで展開された。「元気を出せ」「頑張れ」「気合を入れろ」「負けるな」「振り返るな」「上を向け」と鼓舞《こぶ》する言葉ばかりが世の中を席巻《せっけん》した。

では、今の日本はどうだろうか？　バブルが弾けて何十年にもなる。経済成長からは程遠い社会になった。けれど、未だに大勢が上を向いたままではないだろうか。今は一時的に停滞しているけれど、また元通りの活気を取り戻すはずだ、と信じている人が多いようだ。

僕は、そうは思わない。上がったものは下がる。上がることが良いことで、下がることは悪いことだ、と決めつけるのも理不尽である。山登りには、山下りが必ずある。上手に下ってきて初めて、山登りは完結するのだ。

日本人は、明治維新から西洋を真似て文明を発展させ、大戦に敗れたのち、再び復興をしてきたので、この間（大戦末期を除けば）、おおむねいつも上り調子だったことになる。だから、下る社会という未体験のものを受け入れられないのだろう。つまり、「発展」を諦めきれていないといえる。

だが、今は明らかに下りの時代である。上りの時代で無理をして築いたものを、できるかぎり上手に維持しつつ、片づけていく時代になっている。人口が減っていることだって、その一つの要素だ。人口を増やそうとする計画ではなく、人口が減っていく社会の維持をいかに上手に行うか、が問われている。これが少子化問題の本質である。

今の老人たちは、特に「発展」しか頭にない。そういう人たちが社会をまだ牛耳っているから、現実と乖離《かいり》した政策によって、ますます歪《いびつ》な社会になる危険がある。若者は、本能的に、「発展」を諦めている分、現実を受け入れている。

しかし、その若者たちは、子供のときの環境をまだ諦めきれず、政府が自分たちに手を差し伸べてくれないのはおかしい、と不満を募らせているはずだ。老人と若者のどちらもが、諦める対象を間違えていて、ちぐはぐになっている構図が見える。

人生のパラダイムシフトを

何を諦めるのか、をここまで考えてきた、その究極のものは、「パラダイム」である。

パラダイムとは、ある時代や分野において支配的規範となる「物の見方や捉え方」のことだ。もともとは、科学分野の言葉で、たとえば天動説のように人々が信じ込んでいた思想が、新しい考え方で覆《くつがえ》る場合などに、「パラダイムシフト」と呼ばれる革命的で非連続的な変化を起こす。

歴史的に、時代を遠くから眺めると、パラダイムはくっきりと分かれているから、非連続に見える。だが、そのシフトが起こっている真っ只中にあると、多くの人々は、大きな変化に気づかない。個人の価値観は急には変わらないからだ。世代が交代するほどの時間を要して、ようやく変化が認められることになる。

もちろん、個人の意思や選択が世界や社会に及ぼす影響なんて知れている。自分が古い価値観を諦めても、社会の常識というものは長く保持される。だが、そういった小さな抵抗が、少しずつ時代を変えていくことは確かなのである。

政治家や運動家になれ、という話ではない。自分の人生設計に、パラダイムシフトを取り入れることは、個人に大きな利益をもたらす結果になるだろう。何故なら、個人の人生は、今や「時代」を跨《また》ぐほどのスパンを有しているからだ。

個人の行動も意見も、一時のものであり、社会には影響を与えにくいが、人生になると、そうではない。時代を読むこと、未来を見通すことが、人生の最後の方で効いてくるはずである。今、自分を変えられれば、人生は変えられる、ということ。

唯一のアドバイス

本章では、諦める対象は何か、という点に焦点を当てて考えてきた。それは、「人」であり「過去」であり、また「方法」あるいは「方針」でもあった。

大事なことは、諦めてはいけないものと、諦めた方が良いものが明確に存在しているのでもなく、また、それらの一般的な傾向も認められない、という点である。

どんな場合には諦めて、どんなときには諦めないようにすれば良いのか、といった方法論を求める読者が多いことと思う。人間は、そんな具体的なマニュアルを常に探したがる。書店でビジネス書を探す人は、きっと自分を導いてくれる言葉を探しているはずだ。だが、まず、そういった他力本願を諦めた方が良い。

「諦める」という行為に善悪はない。正解も間違いもない。そのときどきで、難しい判断をするしかない。生きていくうえで、これは避けられないことなのだ。

唯一のアドバイスは、「考えなさい」である。

この「自分で考えること」だけは、諦めてはいけない。それだけは、いえる。

［第4章］

諦めが価値を持つとき

「諦めきれない」には二種類ある

「諦めきれない」と悩んでいる人は、二つに分けられる。

一つは、諦めることで失うものが大きい場合。既になんらかの努力を重ねてきたため、諦めることで時間やエネルギィが無駄になる、という意味だ。せっかくここまで頑張ってきたのに、まだ完成していない中途半端なものを、今捨て去ってしまうのは忍びない、といった抵抗感だろう。

もう一つは、諦めるものの実体が、自分でもよくわかっていない場合。つまり、まだなにも始めていない、ただぼんやりと憧れているだけの対象だった、遠くから眺めているだけの存在だった。したがって、諦めても、失うのはその憧れていた自分の時間だけである。実際には、これは失うことさえできない。頭をクリアにすることは人間には不可能だからだ。忘れることができないから、必然的に「諦めきれない」となる。

前者は、手放すものが多すぎる悩みであり、後者は、手放すものがまだ明確に存在していない場合だといえる。

この、諦めたいけれど、諦めるものがまだない、という状況は想像以上に多い。少し自分のことを振り返ってみてほしい。僕が相談を受けた範囲でも、半数以上がこれだった。話を聞いても、いったい何を諦めようとしているのか具体的にわからないのだ。

「諦めなさい」か「諦めるな」か問題

「あの人のことを諦めたい」と言葉は耳に入ってくるが、その人に対して、今までどんなことをしてきたのか、と尋ねると、いや、思いを募らせるばかりで、なにもできなかった、という言葉が返ってくる。冷たい言い方になるが、「だったら、すぐに諦められるのでは?」と言いたくなる。なにも失うものがないではないか、と思えてしまう。

同じような感覚になるのは、小説家志望の若者から、「小説家になりたいのですが、小説が上手く書けません。諦めた方が良いでしょうか?」といった相談を受けたときである。その人は、子供の頃から小説が大好きで、ずっと「小説家になりたい」という夢を抱いてきたという。だが、書いてみようとしたものの、なかなか思うように小説が書けない。自分には小説家としての才能がないのだろうか、と悩んでいるのだ。

もちろん、「小説家」を「野球選手」や「アイドル」あるいは「ＹｏｕＴｕｂｅｒ」に置換しても良いだろう。感情移入しやすいもので、各自が少し考えていただきたい。

はっきりと「諦めなさい」とアドバイスするべきだろうか？　なにしろ、書こうと思っているのに書けないのだから、小説を書く能力が不足していることは証明されている。才能がなければ、努力をしても無理だ。だから早く諦めて、別の目標に切り替えた方が賢明である、という意見になる。

それは酷《こく》というものだ。まだ書いていないのだから、才能があるかどうかもわからないではないか。たとえば、この人は小説というものをよく知っていて、もともとハードル（つまり理想）が高いのかもしれない。「書けない」と言っているのではなく、「上手く書けない」だけなのだ。その場合、書いているうちに上達するかもしれない。とりあえずは「諦めないで」と励ました方が良い。少々の挫折は夢の実現にはつきものだ、という意見もある。

さて、どちらが正しいだろうか？　あなたならどちらを選ぶ？

どちらつかずでぐずぐず悩め

もちろん、どちらが正しくて、どちらが間違っているという問題ではない。一般化できない。多くの場合、人によって異なるからだ。

なんでも良いから一作を最後まで書いてみなさい、という意見もあれば、いや、納得できないものは、すぐに書き直した方が良い、という意見もある。

実際に活躍している小説家の中にも、少ない作品数だが、高質なものを世に問うタイプもいるし、またつぎからつぎへ黙々と作品を生み出すタイプもいる。前者は、なんとなく芸術家肌のように感じられ、後者は職人気質のような感じもする。人間にはいろいろなタイプがある。いろいろいるから、文化に広がりが生まれるのである。

だったら、自分がどんなタイプなのかを知っている本人に判断させれば良い、という話になるけれど、実はその本人も、自分がどんなタイプなのか、まだわかっていない。

同じ個人でも、二つのタイプを併せ持っている場合がほとんどで、そのときどきで変化している。簡単に割り切れるものではない。

では、どうすれば良いのか。そこは、悩み続けるしかない。諦めてみたり、また試してみたり、を繰り返すうちに、だんだん、自分がどの程度のものなのか、どんなタイプなのか、何をしたいのか、どうすればもっと良い思いができるのか、と少しずつわかってくる。

時間も必要だし、その間に多くの試行もなくてはならない。悩めるだけ悩めば良いし、できることはすべて試してみれば良い。諦めるとも言わず、諦めないとも言わず、「どちらつかずのまま、ぐずぐずしていればよろしい」と僕は思っている。人生に〆切はないのだから、結論を急ぐ必要はない。

ぐだぐだではなく、真剣に考える

「諦めるべきか」と悩む人は、何に追われているのか？

それは、「こうして悩む時間が無駄にならないか？」「努力しても駄目だった場合の損失は？」という問題である。それらは、放置しておけばどんどん大きくなる赤字みたいなもの。諦めるならば早くしなければ、と焦るのはこのためだ。

「ぐだぐだと悩んでいる時間がもったいない」という考えのようだが、多くの場合、「悩んでいる」わけではなく、ただ「ぐだぐだしている」だけではないだろうか？　悩むというのは、頭を抱えることでもないし、布団にくるまって不貞寝《ふてね》することでもない。

そうではなく、考えることだ。考えるためには、データが必要で、それらをできるかぎり調査し、どんな未来が予測できるか、何とおりも箇条書きにして、そのそれぞれについて、考察結果を整理するような「行為」、それを「考える」と僕は呼んでいる。

そういう悩み、考える時間は、けっして無駄ではない。真剣に考えれば、きっと名案が幾つか浮かぶし、たとえ、なにかを諦める結果になっても、そこで考えたことは、のちのち自分にとって有益な材料として、頭の中に残るだろう。

夢を叶えたいという強い気持ち

このことは、「夢を持っている」という状況に関しても同様である。

本気でその夢を実現したいと思っているなら、とことん考えるべきだ。「ああなってほしいな」という言葉を呪文のように繰り返すことでは、なにも進展しない。どうしたら実現できるのか、その方法を考えることだ。考えた具体的な方法を、箇条書きにしてもらいたい。

現在の自分には不可能だ、という「夢」ならば、その不可能をどのようにして解消するかを考える。足りないものがあるなら、それを手に入れる方法を考える。無理だ、無理だ、と呟くだけでは「考えている」ことにはならない。それでは、願っているだけだ。神様に手を合わせてお参りしているだけなのだ。そういうものを、夢に向かう「行動」とはいわない。

では、そうやって実現へ努力をする人と、ただ憧れを思い浮かべる人と、どこが違うのか。もちろん、才能とか環境ではない。単に、夢に対する思いの強さが違うだけだ。本当にそれがしたいかどうか、という気持ちの強さの違いでしかない。これまで僕が見てきた事例からは、確実にそう思える。

良い例とはいえないが、なにかの欲求を抑えきれずに犯罪に走ってしまう人がいる。ニュースを聞いていると、「お金が欲しかった」などの理由が伝えられている。なんて馬鹿なんだろう、と普通の人は感じるだろう。でも、いわばそういうものが、気持ちの強さなのだ、と僕は考えている。強い気持ちというときの「強さ」とは、行動を後押しする「力」だからだ。

「感情的になるな」は、一般的に正しい。しかし、違法であったり、他者に迷惑をかけるような行動を除けば、感情を抑える必要がない場合も多い。感情のおもむくまま、自分にできる範囲のことに手をつけ、可能な限り行動してみることは、悪いことでは全然ない。

抑えきれない衝動を持っているか？

「考える」も、僕は行動のうちだと思っている。ただ、ぼんやりと思い浮かべるのではなく、想像し、計算し、予測し、比較し、検討し、分析する。思考実験という言葉があるとおり、実験さえ、考えることに含まれる場合がある。

何度も書いているように、行動を起こすことで、自身の立ち位置が変化し、視点が変わる。少しの行動なら、少し視点が変わるだけだが、行動を続ければ、しだいに以前には見えなかったものが見えてくる。できなかったものができるようになることだってある。

願っていることは、簡単に諦めず、とことん願い倒して、考え尽くすべきである。もし、本当にそれを願っているならば、それくらいのことは自然にやってしまうことになるだろう。抑えきれない力が、あなたをそうさせるはずだ。

「どうしたら良いでしょうか？」という質問や相談に、僕が「何を試しましたか？」ときき返すのは、その意味である。試したものが、幾つか答えられるならば、希望や願望が本物であり、夢へ向かう気持ちが強いことがわかる。逆に、それが答えられない人は、さほど強く望んでいない、ということになる。

ほとんどの場合、強く望んでいない人ほど、他者に「どうしたら良いでしょうか?」と相談したり、「なにか良い方法はないでしょうか?」と尋ねる傾向にある。

抑えきれない衝動を抱えている人は、そんなことをきかない。誰かにきくよりもさきに自分で試しているからだ。そして、自分で試してみれば、もっと詳細なディテールを知りたくなり、漠然とした質問をしなくなる。

夢や問題にフォーカスが合っているか

僕は大学の教官だったとき、学生全員に質問をさせ、その内容で成績をつけていた。これも、上記の理由による。ものごとを深く理解している人は、全般的で漠然とした質問をしない。もっと具体的で局所的な問題を抱えているからだ。つまり、考えるポイントに焦点が絞られている。焦点が絞られている人は、アドバイスを受けなくても、いずれ自分で問題を解決するのである。

したがって、「諦める」対象に、どのくらいフォーカスが合っているかが、諦めるかどうかという相談を受けた場合に、とても重要なファクタとなるだろう。

逆に、「諦めた方が良いでしょうか?」といった漠然とした迷いを、暇な時間になったときに思い出すような人は、諦める対象に焦点が合ったことがまだない、といえる。それはつまり、「諦める」ほどの境地に至っていない状況であり、諦めるほどの時間もエネルギィもまだ投じていない人なのである。

そういう人は、べつに諦める必要はない。諦めることで失われるものもないから、そのままぐずぐずとしていれば良い。そのうち、興味の湧く対象が目の前に現れたり、一時的にでも楽しい状況が訪れたりして、「諦めた方が良いだろうか?」と悩んでいたことも忘れてしまうだろう。諦めなくても、なんら影響がない。

ただ、ときどき「少しは悩んでみた方が良いか」と振り返ったり、あるいは相談するような問題がないか、と問われたりしたときに、無理に引っ張り出された黴《かび》が生えた細《ささ》やかな迷いにすぎない。

相談ではなくコミュニケーションを求めている

そういった問題を相談事として出してくる人は、古い写真を人に見せて、私は昔はこんなふうだったんですよ、と知ってもらいたい気持ちが働いているのだろう。自分のことを知ってほしい、少し理解してほしい、との欲望を持っている、と分析できる。

「諦めなさい」と言われて、「そうだよね」と溜息をつきたいし、また、「諦めないでもいいんじゃない」と言われて、「うん、もう少しやってみるかな」と微笑《ほほえ》んだりできる。そういったコミュニケーションを求めているだけだ。いずれの言葉をかけられても、影響はないし、おそらく変化もない。その一時ほっとできるだけである。「悩み」というほどのものでもない。

それも悪くはない。全然普通の日常である。ただ、深刻な問題ではないし、人生のターニングポイントにもなりえない、というだけだ。無理に悪くいえば「甘え」であるけれど、人はお互いに甘え合って、共同生活を送っているのだから、無理に良くいえば「潤滑剤」である。おそらく、「微笑ましい」という評価が適切だろう。

本当の「諦め」を体験したことは？

そもそも、自分の過去を人に語るとき、「諦めた」と話す場合は、ほとんど諦めていないし、「諦められない」と語る場合には、諦めていることが多い。それくらい、曖昧な表現なのだ。

具体的な行動が伴わず、ただ一瞬の姿勢のようなものを表しているだけなので、「忘れる」とほぼ同じ意味になる。「忘れた」という場合には、一〇〇パーセント忘れていないし、「忘れられない」といっても、ほとんどの時間は忘れているのである。

では、正真正銘の「諦める」体験は、どうすれば可能だろうか。もちろん、それは、目的に向かってこつこつと努力し、なんらかの成果を積み上げることである。そうすれば、初めて「諦める」ことができる状況になる。苦渋の選択になるだろう。自分が築いてきたものが「無駄」になるのは、実に辛《つら》いことだ。「犠牲」という言葉が相応《ふさわ》しい。

あなたは、そんな本当の「諦め」を体験したことがあるだろうか?

諦めざるをえない例外

諦めるかどうかの判断の機会がなく、強制的に諦めざるをえない場合もある。たとえば、身近な人の死がこれに相当するだろう。長く時間をかけて、愛情を注いだ人もいるはずだ。最愛の人を亡くすというのは、諦めようにも諦めきれない体験といえる。

ただし、これは、本書で扱っている「諦め」の範疇にはない。何故なら、諦めるかどうかの「判断」が伴わないからだ。

そういった突然の喪失は、長く心の傷として残るけれど、諦めるかどうか、といった問題ではない。はっきりいえば、諦めなくても良い。ずっと心に持っていられるし、それを抱えたまま生きることが、なにかの障害となるわけでもない。「整理がつかない」とおっしゃる方もいるけれど、整理をするものでもないだろう。

ただ、あまりにそれに囚われすぎて、時間を取られ、向かうべきものに集中できない、という場合はあるだろう。これはまた別の問題である。そういったときに「諦めろ」という言葉は、あまり相応しくない。

繰り返すが、諦めなくても良い。そのままで、少しずつ生活や仕事に向かううちに、しだいに癒《い》えてくるものだ。つまり、「傷」と同じである。傷は、諦めるものではない。自然に治るのを待つしかないし、また、リハビリをして、普段の生活に慣れるしかない。

重大な「諦め」の体験

そうではなく、自分が作り上げたものを手放す決断をする「諦め」について述べている。この「諦め」は、非常に緊張するし、興奮する場面となる。特に、時間と労力を多大に注ぎ込んだ対象であれば、なおさらのこと、重大な転機になる。

僕の場合、研究活動において、このような「諦め」の決断をしたことが何度かある。それはもう、もの凄い感覚といって良い。具体的に説明してもわかってもらえないし、比喩的にも適切なものを思いつかない。たとえば、核ミサイルのボタンを押すような感覚だ、といえなくもない（明らかに大袈裟だが）。

つまり、大勢の犠牲を伴うとわかっていて、それを押すのだ。僕は大統領になったこともないし、そんな責任のある立場にはつきたくない人間だ。しかし、その「諦め」を決めるときには、鼓動が速くなり、大きくなるほど緊張した。ほかに、そんな緊張をしたことがないので、よく覚えている。今の奥様（あえて敬称）にプロポーズしたときだって、そこまで緊張しなかった（内緒だが）。ああ、これが人生のターニングポイントだな、と思ったものである。

ただ、そういった経験も、何度か重なるとだんだん慣れてくる。まえよりも犠牲の大きい場合であっても、比較的すんなりと決断する（諦める）ことができた。なにごとも経験である。

どうして慣れてくるのかというと、失敗して無駄になったからではないためだ。「諦める」ことで、得られるものがある。当然ながら、比較して交換したものがあって、だいたいにおいて、それがのちのち成功へと導くものとなっている、という経験を重ねることで、ショックが和らぐのである。

「諦め」ても人間に蓄積するものがある

それほど悪くもないし、もちろん不幸でもない。犠牲になるものが大きいということは、それに見合うだけ、新たに得られるものへの期待が大きいからだ。そちらの方が良いのではないか、との予感がある。その予感が、これまで積み上げてきたものを諦めさせてくれる。期待が、既存の成果を捨てさせるのだ。この比較評価ができるからこそ、迷うし、また「諦める」までの時間が多少はかかる。

古い手法を諦めても、消えてなくなるわけではない。いつでもそこへ戻って取り戻せる、と普通の人なら考えるだろう。しかし、研究というのは、時間とともに目まぐるしく前進するものだ。古い成果を諦め、新しいアプローチにシフトすれば、そのアプローチが駄目だとわかるまでは、すべての時間をそちらに注ぎ込まなければならない。同時に両方をすることは不可能だ。それが研究のシビアさである。そして、たいていの場合、それは数年という時間を要する。

まず、なんとなく新しいアプローチなり、方法なりを思いつく。これは時間はかからない。なにかのきっかけで突然頭の中に出現するのだから、労力をかけたわけではない。インスピレーションというのは、そういうものだ。ただ、それまで問題に取り組んで悶々《もんもん》と考え続けた末に、ようやく神様のご褒美のように訪れる、という感覚がある。

そのインスピレーションが、ものになるかどうかは、まあ良くてフィフティ・フィフティ。五〇パーセントの確率なら、研究ではまちがいなくゴーサインが出る。

このような判断は、研究者に特有のものだろう。なにしろ、前例がないので、なにかを調べてわかるものではないし、誰かにアドバイスを求めることもできない。ただ、やってみるしかない。自分の勘だけが頼りである。

やっているうちにも、「いけそうだ」と「駄目かもしれない」の間で行ったり来たりを繰り返す。そういう世界である。

「駄目かもしれない」に少し針が振れたときに、新しいことを思いつくと、まえのアプローチを「諦める」確率が高くなる。

ただ、このような経験を積み重ねると、結果として駄目になったものも、別のところで役に立つことが稀にあるし、また、それ自体は無駄になっても、同様のやり方として、ノウハウが生かせることもある。たとえば、実験方法などでは同じものが使えるし、慣れている分、効率が高い作業ができるようになっている。

失敗しても、諦めても、人間にはノウハウが蓄積する、といえる。こんなふうに考えられるのは、一〇年も二〇年もあとのことだが。

誠実に努力することの価値

ここで述べたいことを抽象化すると、こうなる。「諦める」ことが、のちのちの利益につながるのは、諦めるものが、それなりの時間と労力によって作り上げられた場合である、ということだ。

結果的に、目的実現に寄与できない失敗作であっても、ひたすら考え、誠実に作業を積み重ねていれば、それは「諦める」ことに値する価値を持ち、次に採用するアプローチの成功確率を高める土壌となる、ともいえる。

もっと簡単にまとめると、とにかく目の前の課題に精魂込めて取り組んで損はない、ということである。

簡単に諦められないような取組みをしていれば、たとえ諦めることになっても、大きな損害はない。そう考えると、失敗を恐れることなく、何事にも取り組めるのではないか。

なにも努力をしなければ、成功も失敗もない。誠実に生き、努力をする者は、たとえ失敗をしても、どん底まで落ちることはないだろう。それは、目標が達成されなくても、なんらかの成果が、その人間に残るからである。

行動するまえに諦めてしまう人へ

ここで思い出してほしいのは、そういった努力のまえに、「諦めようか」と迷っている人たちである。彼らは、失敗を極度に恐れているから、やり始めることができない。

さきほどの小説家志望の人の悩みでも、「上手く書けない」と自分にブレーキをかけて止まってしまっている。今現在、毎日小説を書いている真っ最中ならば、このような悩みにはならないはずだ。

結局、アドバイスできるのは、まずは止まらずに、毎日書いて、書き進めてもらいたい、ということだ。以前に小説家志望者向けにこう書いたことがある。「上手く書けないと悩むなら、長編を二〇作くらい書いたあとにしてほしい」と。

もちろん、完全主義者には、これは難しいだろう。完璧な一作を書き上げたいのなら、少なくとも三作は、完璧に肉薄するものを書いてほしい。悩むなら、そのあとにしてはいかがだろうか。

工作における失敗のリカバも「諦め」

もう少し想像がしやすい工作で例を挙げてみる。

たとえば、作っている途中で、なにか間違いに気づいたとしよう。これは、僕のようなうっかり者には日常茶飯事で、毎日五回くらい失敗している。その失敗で、過去五日くらいかけて作った部品が台無しになる、なんてことも日常なので、全然驚かないし、がっくりくることもない。子供の頃からずっと作り続けているから、それくらいのミスではまったく動じない。むしろ、「あ、またやってしまったなぁ」と笑いが込み上げてくる。

そこで、すぐに対処を考える。初めに戻ってすべてをやり直すのか、少し壊すことでステップを遡《さかのぼ》り、そこからやり直すのか、あるいは、今のままなんらかの誤魔化しで（たとえば、開けてしまった穴を塞ぐとか、切ってしまった部分を継ぎ足すとかして）取り繕うのか。それとも、どうせ自分以外に誰も見ないのだから、そのまま放置するのか、あるいは、嫌気がさして、その工作自体をしばらく中断するのか、などの選択肢がある。

必要な時間とエネルギィでいえば、なにもしないのが一番だが、仕上げの完成度、あるいは満足度は逆に、すべて作り直した方が高いに決まっている。いずれにしても、なにかを諦めなければならない。作品の質を諦めるのか、時間と労力を諦めてやり直すのか。ものを作るプロセスでは、このような判断が頻繁に訪れる。細かい選択なら、それこそ一時間に何回もある、という場合だって珍しくない。

すべてやり直す方が良い結果になる?

これが仕事だったら、〆切があるし、協力している仲間との関係もあるだろう。また、多くの場合、判断するのはリーダであり、実際に労働する人は、リーダの指示に従えば良いので、気が楽といえば、そのとおりである。

リーダは、仕事の成果を求めるが、労働する人は、時間で賃金をもらっているので、なにも心配することはない。言われたとおりに進めるだけだ。個人の趣味の工作では、労働者もリーダも自分なので、心が揺らぐわけである。

また、一度は補修することを選択して工程を進めても、「やっぱり最初からやり直そう」と考えが変わることもある。それくらい、迷いがあり、また葛藤もある。さらに、やり直す過程においても、新たなミスに気づくこともあるだろう。

自分という労働者を使うリーダとしての僕は、たいていの場合、最初からやり直す方が良い結果になるとの体験を積んでいる。五日かかったものを棒に振っても、二度めで手際が良くなっているおかげで三日で再現できることも多い。しかも、同じ作業なら、二度めの方が仕上げが綺麗になる。作業に対して上達しているからだ。それらも、経験から学ぶことなので、「諦める」選択によって得られるノウハウの一つといえる。

ちなみに、諦めて捨てることになった部品が、まったく別のところで利用できる場面もあるから、その可能性も想像して、仕分けをして保管しておくのもノウハウの一つである。

仕事における人と人の関係性

自分一人で作っているときは、諦めるのは、自分が作ったもの、いわば失敗作（全体ではなく部品であることがほとんど）だが、これがもし大勢で協力して製作していたら、どうなるだろう？

リーダの決断に任せれば良い、と書いたばかりだが、実のところ、僕はそういった経験がない。大勢でものを作るような仕事に就いたことがない。雇われて給料をもらっていたときは研究者だったし、それ以外では、小説やエッセィを書く仕事をしているので、共同作業というものを基本的に未体験である。

というよりも、そもそも大勢で一緒になにかをやろう、というシチュエーションが自分には受け入れられないと考えていたため、このような職業を選択した、といえるだろう。その意味でいえば、僕は「他者との協調」を初めから諦めていたのだ。

一般に「仕事をする」というのは、「大勢と足並みを揃える」ことにほぼ等しい。多くの方がそうイメージしているはずだ。同じ作業を大勢でする並列式の仕事は、最近ではそれほど多くないかもしれないが、自分の仕事は、誰かの仕事のあとを受けて行う作業であったり、また誰かが自分の作業が終わるのを待っていたり、といった直列式の共同作業は非常に多いはずである。

小説やエッセィの場合は、自分が始点である。自分からすべてが始まる。でも、その作業（原稿）を編集者や校閲者が待っているし、その次には印刷屋、製本屋がいて、書店へ本が届けられるという流れになっている。ただし、一人の作家が仕事をしなくても、出版社はほかにも沢山の仕事を並列で進めているわけだから、特に誰かが大きな損害を被ることはないだろう。「困ったなあ」と顔を顰《しか》める程度のことだ。

人間関係を諦めて森に籠もった

ところが、多くの仕事は、もっと関係性が強く、誰かの作業が遅れれば、大勢に迷惑をかける結果となる。もちろん、代わりになる人が控えているし、駄目となれば、同じ作業ができるほかの人に改めて仕事を依頼することになるだろう。どうしてもその人でなければできない仕事というのは、それほど多くはない。誰か一人の不具合で、全体が取り返しがつかない事態にならないようなシステムが、自然に構築されるのが普通だ。

僕がそういった共同作業が苦手なのは、人を待ったり、人を待たせたりすることが生理的に嫌いだからだ。非常に大きなストレスを感じるのだ。だから、そんなシチュエーションにならないように、人との関係を少しずつ諦めて、整理をしてきた、という結果が、現在の僕の状態である。

今は、森の中に住んでいる。庭園は二〇〇〇坪ほどで、そこに自分の鉄道を敷いて遊んでいる。犬たちが何匹か庭を走り回っている。周囲には柵はない。周囲も森か草原だから、どこへ行っても同じだ。草原ではラジコン飛行機を飛ばして遊べる。ラジコン飛行機というのは、野球のグラウンドの一〇倍以上の広さがないと危なくて飛ばせない。近くに民家、鉄道、電線などがない場所である必要がある。僕は今ジェットエンジンに夢中で、よくエンジンのテストを家の近くで行っている。もの凄い音がするから、五〇〇メートルくらいは聞こえるだろう。しかし、近所迷惑とは無縁の環境なのである。

同じ敷地内に家族があと二人住んでいるけれど、滅多に会うことがない。話がしたいときは、メールか電話である。この二人も、僕と同じように一人で遊ぶことが好きな人間だ。どこへも出掛けていかないし、誰かが訪ねてくることもない。

「家族の理解」という言葉をときどき耳にするが、具体的に何を理解してもらうのか、僕にはよくわからない。僕は、家族を理解しているだろうか。僕は、家族から理解を得ているだろうか?

そんなことは、個人の自由には無関係なのではないか、と正直思っている。人とつき合うことが趣味の人は、そうすれば良い。ただ、同じ趣味の相手を選ばないといけないだろう。不自由なことだな、と感じてしまう。

人とのつき合いは「しかたがない」ものだった

大学で研究をしているときには、学生や院生の指導をしないといけないし、実験などでは、複数で共同作業をしなければならなかった。それはそれでしかたがないことなので諦める。人とつき合うという行為は、僕にとっては、自分一人でできないことをするために、「しかたがない」選択だった。

だから、一緒に作業をしてくれた人に感謝をするし、とても気を遣った。相手も「しかたなく」つき合ってくれているかもしれない、と想像するだけで、とても後ろめたい気持ちになるから、できるかぎり相手を尊重し、相手が気分を害さないように努めたつもりである。

僕は学生を叱ったことがない。注意くらいはしたけれど、それはその人に危険を知らせるためだった。腹が立つことはあったかもしれないが、それを本人にぶつけるようなこともしなかった。もし、どうしても自分と合わないと感じたら、その人から離れるしかない。幸い、それ以上のことはなく、距離を置く程度で済んでいたように思う。「困った人だなあ」と感じても、仕事の関係ならば、しかたがない。なにしろ、賃金をいただいているのだから、楽しいこと、やりがいのあること、自分のためになることばかりを期待するのは、最初から筋違いといえる。我慢をするから、ストレスになるから、その見返りとして給料がもらえるのだ。

小説で予想外の大金を稼ぐようになったので、大学の給料はなくても良い、という状況になった。それでも一〇年ほど大学を辞めなかった。それは、研究活動に多少の楽しみとやりがいを感じていたからだし、僕が辞めたら迷惑がかかる立場だったからである。その迷惑については、整理がついたので後を濁さず辞めることができた。

研究について、大人数でしかできないテーマは、諦めることになった。自分一人ならば、いつでもどこでも可能だから、諦めたわけではないし、今でも細々と続けているものが沢山ある。

他者と比較をしないという教育

本書の執筆を依頼されたとき、自分はこれまでに何を諦めただろう、と少し振り返ったが、「選択の結果、切り捨てた」という「諦め」しか思い当たらなかった。自分がやりたいことを諦めたのは、思い出すかぎりではなかったように思う。

子供から大人になる過程で、どんな人でも、自分に可能なものの範囲をだいたい認識するものだ。だから、その時点で、諦めるものは諦めているのが普通だろう。僕は、子供の頃に野球ばかりしていたが、野球選手になろうとは思わなかった。どこかで（たぶん小学生の低学年で）諦めたはずだが、思い出せない。

僕の場合、多少特徴的なのは、人からもらえる評価というものをほとんど期待しないという性格だろう。どうしてこうなったのか、尋ねられることが多いので、しかたなく考えてみたのだが、父親の影響だったかな、とぼんやり思う程度である。

「人を気にするな」「勝とうと思うな」などと教えられた。人との比較に価値はない、だから、競走して一番になっても意味はない、と教えられた。幼稚園の頃からそうだから、しだいにそれがスタンダードになる。

母は、父の反対の意見で、「負けるな」という教育方針だったけれど、理論的に父の方が正しそうに、僕には思えた。

僕は自分の子供たちに、これといってなにも教えてはいない。まったく自由にさせていたが、二人の子供たちは、だいたい僕と同じような考えを今は持っているように観察される。だから、自然に受け継ぐものらしい、と感じている程度である。

これは、教育というものを、僕は端《はな》から諦めていたといえるかもしれない。少しやんわりといえば、教育に「期待していない」となる。

期待をしない生き方

また、僕は子供に期待をしなかった。家族というものにも一切期待していない。結婚をしたけれど、パートナとなった今の奥様（あえて敬称）にも期待していない。初めからしなかったつもりだ。たぶん、むこうも僕になにも期待していなかっただろう。

世間の人たちは、きっと「期待する」ことが「愛情」だと勘違いしているのだろう。たとえば、僕はオリンピックに出場する日本選手に期待をしない。金メダルを逃しても、残念だとは感じない。でも、応援はできる。期待をすることだけが応援ではないし、愛でもないだろう。むしろ、負けたときに拍手を送ることが、応援だし、愛ではないだろうか?

期待をしていなければ、なにがあっても「諦める」ような事態にならない。関係が破綻することもない、というわけである。

本章では、諦めるには、まず諦められるようなものがなくてはならない、という話をしてきたわけだが、諦められるようなものとは、つまり「期待」である。だから、期待をしなければ、諦めることもできない、という理屈になるだろう。

他者への期待に満ちた社会

今の社会を少しでも冷静に観察できれば、そこにあるのは、あまりにも多くの「期待」に満ち満ちた人間関係の幻想だろう。「つながりたい」「絆《きずな》」「元気がもらえる」「力を合わせて」「喜んでもらいたい」「楽しさを分かち合いたい」といったキャンペーンが実に多い。みんながみんなに期待し、社会にも国にも期待している。

期待するから、その裏返しで、不満が高まり、「裏切られた」と打ちひしがれることになる。大勢が集まって、雄叫《おたけ》びを上げることで、士気を高めようとしているが、何がしたいのだろうか？　誰と戦おうとしているのか？

打ち負かす相手を求めているのも気になるところだ。誰かを叩かなければ、自分たちが元気になれない、そういう大勢が「諦めないぞ！」と声を揃えて叫んでいる光景がそこにある。

もちろん、それも個人の自由である。ただ、大勢で集まろうとする「扇動」には、違和感を抱く。「個人の自由」とは正反対のベクトルが垣間見えるからだ。

とにかく、そういう光景を長く、そして沢山、繰り返し見てきたので、僕は自分以外のものには期待しないようになったのである。

そういうのは、とうの昔に諦めました。

［第5章］

諦めの作法

目の前に立ちはだかる壁

幾分、抽象的な話が続いたかもしれない。本章では、多少は具体的なことを書きたい。だが、そもそもこうして本に書くという意図は、ものごとを抽象化し、一般論として広く役立たせることにあるのだから、具体的になるほど、単なる世間話になってしまう。そのあたりを注意しながら、綱渡りのように書いていこう。

なにかしらの目的に向かって進む道では、幾つかの障害が目の前に立ちはだかる場面に遭遇するだろう。壁（崖でも良い）が行く手を阻んでいる。その道を進むのは絶望だ、と感じさせる。迂回をするために、とりあえず道を戻るしかないのか。そんな場面だ。

目的を実現するために、目的を諦めては本末転倒であるから、目的は少なくとも諦めない、という前提になる。だが、目的を諦めざるをえないくらい壁が大きい。絶対にあそこへ到達するのは無理だ、と思わせるのに充分な障害だってある。壁が目の前にある視点では、特にそう見えるだろう。

抽象化すると、まずは「ほかの道を探る」しかない。これは、今のアプローチを諦め、別の方法を考えるわけだが、もちろん簡単ではない。そんな道があることを知っているなら、そもそも「大きな壁」を前に立ち尽くすこともないからだ。

道が閉ざされて立ち尽くす人

多くの場合、目的地への道は一本ではない。いろいろな経路がある。しかし、自分たちが観察できる範囲で、最も近そうで、歩きやすそうな道を選んで歩いてきたはずだ。ということは、道を変更することで、遠くなったり、険しい道になったりする。

人間というのは、「今までどおり」「このままで」いたいと願っている。自分が進む道が急に通れないとわかると、途方に暮れるし、通せん坊をしているものに怒りを感じる。その場からなかなか離れられず、「どうしてくれるんだ」と苛立《いらだ》ってしまうだろう。既に通れなくなった道を「諦めきれない」のだ。

たとえば、大雨による洪水で自宅が流されてしまった、田畑が使えなくなってしまった、という場合を想像してみよう。呆然と立ち尽くすことになる気持ちが理解できるのではないか。

「前に進もう」という言葉で励ますことが多いけれど、前には進めないから立ち尽くしているのだ。どうしようかと考えるにも、選択肢はどれも、歩けなくなった道（つまり、これまでの日常）よりも遠回りで険しい道なのだ。消えてしまったものが諦められないのも、心情的には理解できる。

「気持ちの整理がつかない」とは？

困惑して立ち尽くしている人も、どんな回り道があるのかを知っている。「どうしたら良いのかわからない」という言葉が口から出るけれど、それは、「どれも消えた道より良い道とは思えない」という意味だ。どの道も、遠く険しい面倒な道なのである。ただ、その中から、少しでも良い道を選ぶしかない、という状況であり、そのことも当事者は理解している。

一般に、「どうしたら良いのか」と困っている人は、どうしたら良いか、どんな方法があるのかを知っているのである。ただ、それらが「良い」というほど楽なものではない、自分がしたかった方法、既に失われた方法よりも「良い」とは思えない、ということで困っている。

そして、結局は、「良くなくても、しかたがない」と諦めるまで困り続けることになる。これを「気持ちの整理がつかない」状況と表現するのである。

何故このように立ち尽くしてしまう時間があるのか、というと、それは「良い道」がないことのほかに、もう「目的」を諦めた方が良いだろうか、という迷いがちらつくからかもしれない。さきほどの、家を流され、田畑が駄目になった人の場合であれば、生活そのものを諦めるしかないのか、という思いが頭を過《よぎ》るだろう。自殺を考えるような過酷な条件ともいえる。

ただ、目的を諦める思いから離脱できれば、あとは道を選ぶしかない。困っているのは、道の選択に迷っているわけであり、ベストではなくても、ベターだと思える道を歩き始めるしかない、という結果になる。なかなか簡単にここまではいけない。気持ちというものは、大部分が感情に支配されているから、理屈でわかっていることでも、踏ん切りがつかないのが普通である。

「救われた」と思う本人が救い主だ

道の良い悪いは、歩いてみないとわからないものだ。人の評判だけではわからない。自分が歩きやすい道なのかどうか。少しは歩いてみて、そこでまた判断をすれば良いだろう。この場合もやはり、困って立ち尽くすよりは、いろいろ試してみる方が視野が広がり(情報量が多くなり)、状況は良くなる場合が多い。

水に浸かって泥が流入した家屋で、立ち尽くしていた住人たちも、ボランティアの人たちが沢山訪れ、作業を始める段階になると、少しでも道を歩き出せることになり、だんだん気持ちの整理もつくようになるらしい。ほんの少しのことであっても、そういった効果が大きいということだ。

この場合、ボランティアの人たちに救われた、と感じるのだが、実は、その人を救ったのは、その人自身である。その人の気持ちが切り替わることが最大の要《かなめ》だからだ。人は、他者によって救われることは実は稀《まれ》であり、他者の援助はきっかけになるだけで、本人が本人を救うのである。病気だって、医者が治すのではない、本人の体力によって治る。「癒される」という言葉があるが、これも、癒される本人が、自分で自分を癒すのだ。

この気持ちの整理において、諦められたものは、既に消えて歩けなくなった道である。「そこを歩き続けたかった」という気持ちを諦めたのだ。別の新しいかずかずの道から、今後の道が選ばれ、しだいに元のように歩けるようになる。

「目的」も実は「方法」である

このように、目的に向かうためには、道が必要であるし、また目標を諦めずに進むためには、道を選ばなければならない。ある道を選ぶことは、その他多くの道を諦めることでもある。

道というのは、「方法」のことだ。したがって、「諦めるものは方法だ」というのは一つの真理だといえる。

多くの場合、「目的」と思い込んでいるもの、「夢」だと認識しているものも、「方法」である。たとえば、なにかの職業に就きたい、という夢を思い描いている人も、実はその職業によって幸せを勝ち取りたいわけである。職業はそのための方法にすぎない。なにかを手に入れることを目標に日々苦労を重ねている人も、それが自分を満足させてくれるもの（つまり方法）だとわかっているから入手したいと考える。結局は、幸せや満足が最終的な目的であり、すべてはそれを生み出す方法といえる。

人間に対しても、同じことがいえるだろう。人をもののように扱うのは不謹慎かもしれないけれど、やはり、自分の幸せや満足のために必要な「方法」として、他者を求めていると考えられる。自分一人ではできないが、大勢ならできるのは、それもその大勢が「方法」に含まれているからである。

大勢で力を合わせなければ不可能だった行為は、機械やコンピュータに任せることができるようになった。ほとんどのものが、一人で可能な時代になった。かつては、時間がかかって、人から人へ受け継がれる必要があったものでも、今はデジタルに還元できるようになり、伝達も記録も容易になった。機械やコンピュータというのは、まちがいなく「方法」である。

諦めるものはすべて「方法」である

機械とコンピュータの時代になったからこそ、人と人のつながりを再認識するようになり、絆《きずな》のようなものが表面化した、といえるだろう。実情は、平均的には、人は他者に頼らなくなっている。個人の時代にシフトしている。だから、「人とつながりたい」という気持ちが絞り出されるように顕在化する。

機械化された理由は、人間という「方法」が、あまりにも不確実で、コストパフォーマンスが期待できなかったからだ。人間は、ずっと人間を諦めようとして科学を発展させてきた。この場合、科学も「方法」である。

自分自身も「方法」かもしれない。自分を諦めるという場合、それは自分の生き方を諦めることであり、生きる方法を諦めることにほぼ等しい（文字どおり自分を諦めたわけではない。自分を諦めるのは死ぬときだ）。これからこのように生きていきたい、という将来を諦めることもあれば、今まではこう生きてきたが、それではさきゆきが不安だ、という場合もある。いずれも、自分の「方法」を変更することである。

価値があるものを諦める場合

さて、諦めるものが「方法」だと確認したところで、問題は、どのようにして「諦める」のが良いか、という点になる。

まず、感情的なものを排除すれば、ただ合理的な尺度で比較し、それによって選択されなかったものが、結果的に「諦めた」ものとなる。だから、「諦める」ことは、なにも難しいことではなく、単なる結果を別の角度から眺めたイメージにすぎない。

「諦めた」という意識が生まれるのは、感情的にそれに寄り添っていたからである。その感情が間違いだというわけではない。感情には利がないわけでもない。単に、選んだものよりも価値が低いという判定が下された結果にすぎない。

これは、既に選択することができない方法（たとえば、失われた人や物体を復元するなど）を除外するときの感情と、基本的には同じである。だが、「無理をすれば選択できる」と思っている分、未練が残る。「諦めなければならない」という自分の立場が恨めしく感じるだろう。こういった感情は、明らかに不合理なものだが、湧き起こるのだから、しかたがない。諦めるしかない。

たとえば、会社が赤字になり、長く一緒に仕事をしてきた部下を解雇しなければならなくなった、といった場合である。人情的に、できればしたくない選択だが、会社を潰してしまったらもっと大勢が路頭に迷う結果になるわけで、そちらよりは合理的だ、という判断をする。「諦めなければならない」という言葉しか出てこないだろう。「泣いて馬謖《ばしょく》を斬《き》る」といった古事成語を連想されることだろう。

自分にとって価値のあるものだったのに、それを諦めなければならない。だが、諦める理由は明確にある。明確だからこそ、その判断をせざるをえないわけだから、やはり、価値を比較したうえでの除外なのである。

どうしようもないもの、それは感情

未練というのは、感情的なものであり、いわば過去の幻想といえるものだ。以前は価値があった、しかし今は価値が（比較的）ない。だから諦めざるをえない。その残像のようなものが頭の中に残っているため、合理的な判断の正当性に対して、なかなか自分を納得させられない。

だからといって、どうすれば良いのか、と真剣に考えるほどのこともない。真剣に考えてなんとかなるものだったら（そういう可能性が残されているなら）、まだ諦めるような事態にはならないはずだからである。

このような人情的な「重いもの」を諦めるにはどうしたら良いのか、と相談を受けることがしばしばあるのだが、こればかりは、本当にどうしようもない（つまり、諦めるしかない）のではないか、というのが僕の考えである。

そういった「重い諦め」に迫られるような事態に自分が陥らないように、あらかじめ注意しておくべきだった、と反省してもらうしかない、とも考えるけれど、しかし、世の中には本当に突然、予期せぬ不幸が訪れることがある。それを予期しておけ、と無理をいっているように受け止められるから、反感を買うだけかもしれない。

結局、この種の「どうすれば諦められるか」という問題は、気持ちの問題であり、本人が自分で考えて納得する以外に解決しない。本人がずっと悩みたければ、それに任せる方が良い。時間がかかるけれど、それもしかたがないだろう。

納得を先送りする

多くの場合、「どうすれば上手くいくのか」と尋ねられても、「方法」は存在しない。「この薬を飲みなさい」とか、「毎日三〇分はジョギングをしなさい」とか、そういった具体的な解決「方法」はない（その薬や運動だって、解決するかどうか不確実だ）。

人はつい「方法」を尋ねたがる。「自分は方法を知らないから、こんな損をしているのだ」と思い込んでいるのだ。その思い込みを「諦める」しかない。

いずれにしても確かなのは、「諦める」のは、諦めた方が良いという判断をその時点でしたからだ、という点である。「諦める」ことで得られる（と思《おぼ》しき）ものがある、なにかの目的に近づくことができる、との計算があった。だから「諦め」ようとしているのだ。そこを今一度自分でよく認識する。そうすることで自分を説得し、納得させることである。諦めきれない未練を断ち切るには、これしかない。

もし、時間的な猶予が望めない場合には、完全に納得ができなくても、とりあえず自分に「諦め」てもらうしかない。諦めるとは、納得を先送りして、さきに利を取る一つの方法なのである。とりあえず「諦める」ことで、のちのちじわじわと納得や利益が戻ってくる。借金の反対（つまり金貸し？）である。

「諦める」と、その場は損をした気分になるが、のちのち利子がついて戻ってくるだろう。そういう行為だと思えば、少しは「諦める」ことが容易になるのではないか。

他者を諦めさせる場合

他者を、「諦めさせよう」と説得するときにも、たいていは、未来の利を持ち出して、「君のためだ」という言葉で誘導するのが常套《じょうとう》である。誰が見ても、本人のためならば問題はない。本人も理屈ではわかっているだろう。そういった場合は、最後は諦めることになりやすいし、のちになって、「あのとき諦めて良かった」という結果になる確率が高い。

しかし、「君のためだ」と説得しても、本人が自分のためになると感じない場合は、説得は困難となる。本人が諦める気分になるまで、時間がかかるだろう。

未来のことは誰にもわからない、というのは事実であるが、たいていの場合は、おおかた予想どおりになるものだ。人間はかなり高い想像力を持っている。確率が低い事象は起こりにくいし、確率が高いものが、だいたい訪れる。

諦める判断をするときには、自分の感情を抑えることはもちろんだが、未来の事象に対して、楽観的な価値判断をしないことが重要である。たとえば、「宝くじを買えば何億円も手に入る可能性がある」→「それを買わなければ、何億円かを捨てたことになるのではないか」→「それを諦めろというのか」といった論理になる。

夢は「買う」ものではない

確率の低いものを「目的」に定めている人が、「諦めきれない」と訴える場合が顕著であるけれど、数学的な「期待値」の考え方を充分に理解されていない、ともいえる。期待値とは、得られる価値に確率を乗じた数字のことだ。ネットで「宝くじの期待値」で検索できるだろう。たとえば、二〇〇円の宝くじであれば、期待値は一〇〇円以下(九〇円くらい)である。

宝くじは「夢を買うのだ」とよく言われているけれど、もし本当の夢なら、買う必要などない。「買う」というのは、金を出して、相手に得をさせる行為である。宝くじを買うのは、それを売った相手に夢を与える行為である。買えば買うほど、買った人の夢は小さく萎《しぼ》むことになる。

ただ、人間には想像力がある。自分が金持ちになったときのことを想像することができる。これは、非常に貴重な能力であり、個人のあらゆる可能性は想像力から始まり、個人を満足へと導く。その意味では、宝くじを買うことも、想像力を掻き立てるため、といえなくもない。だが、何故それに金を出さなければならないのか、という点が、いかにも想像力の欠如といわざるをえない。

現代人は「方法」に取り憑かれている

さて、目的に向かうためには、たしかに「方法」が重要である。誰もが、「どうすれば欲しいものが手に入るのか」と想像するだろう。その方法が優れていれば、目的が達成される確率が高い。この想像力が、人間がここまで繁栄した理由である。一例を挙げれば、錬金術の動機が、これだった。目的は達成されなかったが、結果的に科学の発展につながった。

だから、人は「どうやったら良いのか?」とききたがる。「方法」に拘《こだわ》る。自分がやりたいことができないと、それは「方法が間違っているからだ」と思い込み、「なにかもっと良い方法があるはずだ」と想像する。これは正しい。いつもそれを問い続けることは、非常に重要なことだ。

しかし、昔と今はだいぶ違う。今は、情報を手軽に手に入れることができる。こんなことができるようになったのは、つい最近で、かつてはありえなかった。非常に限られた人、たとえば王様とか貴族のような一部の人だけが、情報を集めることができ、いろいろな方法を試すことができた。それが、今は誰だってできる。

これが、現代人が「方法」に取り憑かれている理由である。世の中に「方法」が溢れかえっているからだ。たとえば、ダイエット、健康維持、子供の教育、仕事、人づき合い、エトセトラ……。書店に行けば、どんな分野のものも見つかるだろう。それどころか、ネットで検索したり、質問すれば、無料で手に入れることができる。

情報過多による諦めの増加

「方法」の良い悪いには、科学的エビデンスがあるのが普通だが、もちろん、そんなことはおかまいなしの「方法」が大半だろう。たとえ、信頼できる統計に基づくエビデンスがあっても、それがある個人（あなた）に当てはまるかどうかは、まったく保証がない。

真理が一つだけある。多くの方法が存在すること自体が、どれが良いのか悪いのか、わかっていないからなのだ。

しかし、なにかにチャレンジしている人は、目の前にちらつく新しい方法が気になってしかたがない。自分が目指すものに、役立てられるのではないか、と考えるだろう。素直で自然な期待である。すると、結果的に、まだよく試しもしていなかった既存の「方法」をあっさりと諦める。

情報の入手が難しかった時代ならば、方法は自分で考え出さなければならなかった。そこに想像力が活かされた。簡単に諦められるほど情報がなかったから、一つの方法に固執しがちだったものの、迷わない分、集中できたかもしれない。

いかがだろう。あなたは、簡単に諦めて、つぎつぎと方法を変えているタイプ？　それとも、一度慣れた一つの方法が諦められないタイプ？　前者はネット環境に慣れた若者に多く、後者は昔ながらの価値観の年配者に多いのではないか。どちらが良い悪いの問題ではないけれど、自分のやり方を顧《かえり》みることは有意義だと思われる。

方法論が役に立たないのは何故？

ところで、ある方法が役に立つとわかって、その情報が広がるけれど、同じ方法では、もう成功できないのは、何故だろうか？　ダイエットの方法を本に書いた人は、ダイエットに成功した人である場合がほとんどだ。しかし、その本の読者が皆、ダイエットに成功しない理由はどこにあるのだろう？

実は、最初に成功した人の場合も、その人が考え出した方法が優れていたからではない。そうではなく、その方法を考え出した想像力や実行力が優れていたからなのだ。

しかし、どうすれば優れた想像力や実行力が手に入るのか、どう想像すれば良いのか、どう実行すれば良いのか、そのノウハウは文章化できない。伝達ができない。それは、その人の「才能」あるいは「性格」それとも「体質」というほかない。

「方法」だけが、言葉になって伝達できるが、残りの大部分はそうはいかない。ここをまず理解する必要がある。いくら方法を知っても、それは正解のすべてではない、といえる。

つぎからつぎへと、方法を知って、少し試してみても成果が出ないから、すぐに諦める、という繰り返しに陥《おちい》りやすい。現代人の病いといっても良いだろう。「方法」を薬やサプリメントのように求めているのだ。

ちなみに、僕は四〇年間、風邪薬も頭痛薬も胃薬も、そしてあらゆるサプリメントを飲んだことが一度もない。デメリットよりもメリットの方が多いとは思えなかったからだ。それ以前の僕は、沢山の薬を飲んで、いつも不健康だったが、飲むのを一切やめてからは、医者にもかからないほど健康である。僕にとっては、これが薬とサプリメントに対するエビデンスである。

「自分はこのままでいいのか」というもやもや

自分にとってなにが有用なのか。それは、試してみないとわからない。人の話や宣伝文句を信じるよりも、自分で調べたり試したりする方が確実ではないだろうか。

その意味でも、「諦める」ための方法は、自分で考えることだ、といえる。諦めきれずにずっと頭に残っているなら、ほかのなにかを考えることで、取り憑かれた状態から離脱できるし、また、考えたことを実際に試してみれば、楽しいこと、面白いことに出会う可能性があって、結果的に諦められるだろう。

考えられないという人は、たとえば自分の部屋の整理を始めたり、どこかを大掃除するのが良いだろう。その作業に没頭することに効用がある。作業の結果が問題なのではなく、作業の過程で、自分のコントロール方法を思い出すはずである。

昔から、座禅を組んだり、滝に打たれたりするのと同じだ。また、どこかへぶらりと一人旅に出るのも良いかもしれない（そんなことに金を使うのはもったいない、と個人的には思うが）。

もやもやとしている時間は、なんとなく「自分を見失っている」感覚に近いものだ。自分はこのままで良いのか、こんなふうに一生を過ごして良いのだろうか、と考えるようになる。そんなときに、ちょっと思い出したかのように、「夢」が浮かび上がってくる。そして、自分はその夢を持っていた。やっぱりそれが諦められない。だから、そのストレスのようなもので、今のもやもや感があるのだ、と考えてしまうだろう。

実は、これは誤解だ、と僕は考えている。そういう話を何人かに聞いて、「違うな」と感じたのだ。もやもや感は、なんとなく、ぼんやりとした現状への不満であって、「夢」を諦めきれないからではない。そこに原因があると思い込んでしまっただけだ。ついつい、理由を探してしまうのも、現代人に共通する一つの傾向といえる。

もやもや感は、リアルの自分に対する不満

現状に対するぼんやりとした不満というのは、リアルの自分は何故楽しめないのか、というだけのことで、もし目の前に楽しいものがあれば、夢なんて持ち出す必要もないし、もやもやもしない。楽しいなら、すべてがオーライとなる。

では、楽しめば良いのか、と酒を飲んだり、仲間と騒いだり、という方法を採用すると、一時だけの効果しかなく、たちまち冷めてしまう。冷めるとよけいにもやもやする。

それは、もう何度も繰り返したことだ。だから、自分はこんなことで良いのか、という疑問に戻ってしまう。

では、どうすれば良いのだろう。今のこの繰り返しを受け入れ、これが自分の人生だ、と諦めるのか……。

なにか夢があったはずではないか。過去にもっときらきらしたものがあったはず。

これが、もやもや感となる。

このジレンマから抜け出す方法はないのか？

とまた「方法」を探してしまうのである。探すことが間違っているのに。

自分で自分を救おうとする本能

そうではない。なんでも良いから、自分で考え、自分にできることを試みてみる。実験してみる、行動してみる。これまでしなかったことに挑戦する、といっても良い。

もやもやと悩んでいる自分を忘れるほど、なにかに没頭することが、あなたに本来の

「あなたらしさ」を思い出させるだろう。

それは何か、ということは、ここには書けない。それを自分で見つける以外にないからだ。稀に、たまたま興味を引くようなものが目の前に現れ、知らないうちに諦めたいものを諦めていた、という場合がある。しかし、こんな場合も、無意識のうちに、自分を救済するための行動を取っているのである。人間に限らず、動物というのは、自分を生かすためにあらゆる行動を取るようにプログラムされている。自然の驚異かもしれない。

悩んでいる人が、他者に相談にいくのも、そんな自己防衛の行動の一つだ。誰かに縋《すが》ろうと本人は思っているが、このような行動は本人が自分をなんとかしたい、という気持ちの表れなので、既に最初のステップを一段上がっている。「諦めたいのに、諦めきれない」と人に話せるようになったら、既に諦める準備ができている、ともいえる。決断の八割はもうできていて、あとは誰でも良いから、ちょっと背中を押してもらいたい、といった心理なのではないだろうか。

他者に気軽に頼れる社会の落とし穴

ただ、ここでも昔と今では、ちょっとした差異がある。人に相談する行為に及ぶ敷居の高さが違っている。かつては、相談する相手は周囲の仲間から、先輩、先生、上司、少し徳の高そうな老人まで幅があった。いろいろな敷居の高さがあったので、抱えている問題について、自分なりに選んで、しかも思い切って、少なからず勇気を振り絞って相談したのである。

今はネットがあり、また電話で相談を受け付けているところもある。これらは「匿名」なのだ。バリアフリーというか、敷居がない。誰でもすぐ、簡単に相談ができるようになった。非常に良いことだ。勇気を振り絞らなくても相談ができ、特に生きることを諦めようとしている人を救うためには有効である。

しかし、そうではない相談では、必ずしも良いとはいえない場合も散見される。その主な原因は、相談する本人がさほど真剣になっていない。自分の問題を解決しようという気持ちに至っていない段階で、ただ不満を言いたい、自分の問題の原因となっている相手を貶《おとし》めたい、といった感情の捌け口になりがちだ。捌け口ならば、まだ良い。不満をぶつけることで冷静になれるかもしれない。しかし、ネットでは、そういった不満が広く伝わってしまい、やまびこのように反響し、本人の感情をむしろ膨張させる効果となる。相談する動機が、相手の告発であったり、共感を求めるものであったりする。

あらゆるものに共感を求めようとする時代である。共感が得られれば安心できる、と思い込んでいる人が非常に多い。みんなにわかってもらいたい。自分を認めてもらいたい。同情してほしい。応援してほしい。そんな欲求が、今の若者に顕著に見られる傾向といえる。子供の頃からこんな環境で育ったのだから、本人に自覚はないかもしれない。

小さな不愉快を大きくする人

このように、自分が諦めなければならない場面でも、無意識に相手や周囲に責任があるはずだ、という感情が高まってしまうために、結果として諦めることができない。客観的に見ると、本人にとっても利がなく、長く問題が解決しない悪循環となってしまう。

日常でも、かちんとくる場面というのはあるだろう。知らない人と、たまたまぶつかってしまったとか、自動車を運転していたら前に割り込まれたとか、相手の口の利き方がなんとなく気に障《さわ》ったとか。そんな場合に、さっと「諦める」ことができれば、それでお終いである。相手は、そもそも悪気がなかったかもしれない。あなたを貶めようとしていたわけではないだろう。

しかし、ここで気が治まらない、という人がいて、しかもわりと多い。そういう人は、周囲にそれを伝えようとする。ちょっとした問題だったのに、その問題を大きくしようとする。

この場合、「相手に謝らせたかった」という理由が語られるだろう。それは、たしかにそのとおりだし、正義だといえなくもない。だが、謝られることで、具体的に何の得があるのだろうか。それよりも、さっさと問題を諦める方がエネルギィも消費しない。客観的に見て、一番自分の利となる選択なのだ。

自分の感情を抑えられたら、「ああ、得をしたな」と思えば済む話だ。違うだろうか？

「諦める」ことは有利な選択

「そんな聖人のような真似は、自分にはできない」とおっしゃる方が多いことと想像する。

ここで述べていることは、「かっとするな」ではない。「かっとする」のをやめることは非常に難しい。それこそ聖人の域といえる心得だ。そうではなく、「考えて、自分の利を取れ」という意味である。

感情を抑えることは、それが自身にとって有利であり、得だということを覚えてもらいたい。この技を会得すれば、感情を抑えられた自分に満足し、気分が良くなるだろう。笑って済ませることができるようになる、というが、その笑いが本当に「愉快」なものになるはずである。

そもそも、これが「大人」というものだ。それができないのが、「子供」である。また、歳《とし》を取って、頭が固くなった人にも、それができない人がたまにいる。これも、「幼児返り」であり、やはり「子供」だ。

「諦める」のは、自分の感情をコントロールする行為であり、これが上手くできるようになれば、自分を思いどおりにできる。素晴らしい能力を手に入れたのと同じだ。いろいろな場面で、有利な立場を得られるだろう。

小さな「諦め」を重ねるうちに、大きな「諦め」も会得できるようになる。それにしたがって、あなたの目的は近づき、夢を達成する確率も高まる。そして、なにより、気持ちの良さが、自分のものになる。

それを阻む唯一のものは、「自分は、そうはいかないんだ」という意味のない「諦め」である。

その「諦め」ができる人なら、無駄な感情に支配された自分を諦められるのではないだろうか。

［第6章］

生きるとは諦めること

人生は死へ向かう道

ここまでの話は、どちらかというと人生がまだ半分以上残っている人たち、つまり若者に向けた内容だった。少し飽きてきたのではないだろうか。若者というのは、年寄りの長話など聞きたくない。同じことの繰り返しじゃないか、と思っているはずだ。それは、ほとんど正解、そのとおりである。ただ、いずれみんな年寄りになることは、覚えておいてほしい。同じことを繰り返したくなる気持ちが、そのときわかるだろう。

では、年寄り向けの話を書こう。年寄りというのは、何歳からなのか、といった定義はどうでもよろしい。ただ、自分がもうすぐ死ぬのだな、という覚悟ができていれば、立派な年寄りである。

どういう理由なのか、僕にはよくわからないのだが、大勢の人が「長生き」を希望しているらしい。長生きすることが「望み」だと、臆面もなくおっしゃる方も珍しくない。「長生きして、何がしたいのですか?」といった無粋《ぶすい》な質問はしないつもりだが、「長生きするほど『死ぬ思い』が長く続くのですよ」くらいは言いたくなる。

人生は、死へ向かう道である。最終目的地は、決まっていて、みんなが同じ所へ行き着く。最後は死ぬしかない。生きることについて、これほど絶対的な真理はほかにないだろう。

忌み嫌われる共通のゴール

生きることを諦める瞬間が、すなわち死であるから、「生きている」とは、生きることを諦めるまでの一時的な状態である。自然界において、死んだもの、つまり生きていないものは安定している。長く残るものは生きていないものである。生きることは、ほんの一瞬の一時的なもの（あるいはバランス）である。人類の文明の歴史でさえ、宇宙の長さからすれば一瞬なので、同じである。

いつか死ぬことを理解していても、いつ死ぬかはわからない。老人や病気で余命少ない人でも、明日は生きていると信じているものだ。できるだけ、死を遠いものだと想像するように精神ができているらしい。

通常、人生の長さがどれほどなのか、予測ができない。大勢の人間がいるので、その平均を計算して「寿命」と呼んでいるのだが、個人の寿命の長さはまちまちで、ばらついている。誰もが、どこまで続くのかわからない道を、それほど気にもせず、歩き続けているのだ。

目的地であるにもかかわらず、そこが、ようやく辿り着いて万歳をしたくなるような「ゴール」だとは認識されていない。それどころか、死の話をすると嫌がられる。「そんなことを考えるなんて、縁起《えんぎ》でもない」と叱られてしまうほどだ。それほど忌《い》み嫌われているものが、皆さんの共通の目的地である。

死を諦めるか、諦めないか

最近になって「終活」という言葉を耳にするようになった。死に向けて準備をしておこう、という機運らしい。多少は日本人の意識が変わってきた証拠といえるだろう。目を背けてばかりもいられない、ということなのか、それとも単に、家族や子供が減って、看取《みと》ってくれる縁者がいないという切実さの現れだろうか。

まあ、べつにどちらでもけっこう、と僕は思う。

死についての考え方は、大きく分けると、諦めるか、諦めないか、に集約されるだろう。

死を諦めている、というのは、死んだら自分はいなくなるのだから、もう自分には関係のないことだ、という割切りである。「あとは野となれ山となれ」みたいな感じか。自分が死んだあとのことまで責任は持てませんよ、という理屈は、まったく正しい。理論的に破綻していない。

死を諦めていない、というのは、死んだあとを心配することだ。その心配を生きているうちにしておこう、という考え方である。自分の葬式の段取りまでする人がいるという。また、子孫のことを考えて、いろいろな手配をしておいたりするのも、この延長である。自分が生きてきた証《あかし》のようなものを遺しておきたい、と考えるようだ。お墓に拘《こだわ》ったりするのも、こちらのタイプだろうか。

人生六〇年だと想定して生きてきた

僕は、前者である。死をきっぱりと諦めている。死んだら、あとは野となれ山となれ、である。長生きをしたいと思ったことはないし、今も思っていない。

不思議なことに、子供のときから、ずっとそう考えてきた。何故なのだろう？　病弱だったし、いつもどこか痛くて、気持ちが悪くて、自分は長くは生きられないだろうな、と思っていた。

僕の父も、不健康な人で、「もうすぐ自分は死ぬ」と言い続けてきた。そういう環境だったから、死が当たり前の日常として、今すぐにも訪れるものだ、と自然に認識したのかもしれない。

その父は八三歳まで生きたから、想定外の長生きだった。僕は、自分は六〇歳くらいまで生きられたら御の字だな、と思っていたのだが、既に六〇を過ぎてしまった。これも想定外なので、少々困っている。

いろいろな趣味のプロジェクトを、六〇歳くらいを期限に設定して計画してきたから、もう終わってしまったものが多く、僕の人生はこれで終了、との認識が強い。だから、今は余命というのか、消化試合というか、猶予期間なのである。なんか、毎日が「おまけ」で「儲《もう》けもの」のような気がしてならない。

墓オタクや葬式オタクは変人では?

僕は墓に入るつもりはないし、僕の両親も墓に入れなかった。生きているときは墓に入りたかったかもしれないが、墓というのは、遺された者のために存在するわけで、その判断は子孫の自由である。

生きてきた証を遺したいとも、僕は思わない。工作をして沢山のものを作った。今も作り続けているし、作ったものを売ったりあげたりしたこともないから、すべて家に保管されている。それらは、僕が死んだら、粗大ゴミに出してもらえば良い。子供の勝手である。ゴミの処理費くらいは残しておくつもりだ。

なんの遺志もない。もちろん、遺言など書くつもりは毛頭ない。例外的に書き遺すとしたら、パスワードくらいだろう。

葬式もしてもらいたくない。それだけは、いちおう子供たちに伝えてある。でも、これも僕の遺志はどうでも良いことだろう。遺族の勝手である。

僕のように死を諦めている人は、多くはないかもしれない（特に年配者には）。こういうことで、意見を出し合ったり、共感を求めたりする趣味もないから、世間の人がどうなのか、よくわからない。だが、ときどきこのようなことをエッセィなどに書くと、「変わっている」と言われる。そうだろうか？　僕にしてみると、墓を作ったり、葬式を挙げたりする人たちが変わっている。墓オタクというか葬式オタクというか、よほどの変人だな、と認識しているのだ。

念のために、また書いておくが、どんなふうに考えても自由であり、自分のことは自分の好きなようにすれば良い。自分と違う考えや趣味の人たちを非難しているのではない。僕はこうですよ、と書いているだけである。誤解のないように。

潜在的変人の発掘が僕の仕事

僕は、こういったことを何十年もまえから話してきたのだが、以前（三〇年以上まえ）は、ほとんど冷笑されるだけの「戯言《ざれごと》」とされた。ところが、最近では、わりと同じことを言ったり書いたりしている人が増えてきた。

少なくとも、そういう本音を言える世の中になった、ということかもしれない。僕のような考えは、まだ少数かもしれないけれど、むちゃくちゃな非常識ともいえなくなってきたようだ。これについて、「喜ばしい」とは思わない。どちらであっても、僕には無関係だからだ。仲間を増やしたいとか、賛同を得たいわけでは全然ない。

ただし、こんな内容を、好き勝手にエッセィで書いていられるのは、多少なりとも需要があるからだ。まったくの戯言だったら、本が売れないはずで、森博嗣に執筆の依頼も来ないことになるだろう。そこそこ売れるのは、「そういう考えもありなのか」と思われる方が、まあまあいるからなのではないか。そんな潜在的変人を発掘しているような仕事である。

本を書くことが仕事だから、本が沢山売れる方が、仕事としては成功である。そうなると、もっと多数の人の共感を得られるものを書いた方が有利だが、残念なことに、自分が思ってもいないことを書けない不器用な人間なので、その方針は諦めている。

器用と健康を諦めた男

そう、この「不器用さ」というのが、僕の基本的な部分にある。奥様（あえて敬称）からも、さんざん「君ほど不器用な人は見たことがない」と指摘されている。

とにかく、不器用なのだ。工作が好きだが、人に褒められるような作品は作れない。自分でも満足がいくものができたためしがない。ちょっと手が滑って怪我をすることも頻繁なので、いつも最大限の注意を払っているが、それでも、よく血を見る。

一方、周囲の誰を見ても、「器用だなあ」と感心するのである。世の中、器用な人が多いものだ、といつも溜息をついている。どうしてあんなに器用なんだろう、と不思議でしかたがない。

これは、「健康」でも同様で、誰を見ても「健康だなあ」と感心する。それに比べて、僕は、ずっと不健康、いつもどこか不具合を抱えたままなのである。

おそらく、僕は「器用さ」も「健康」も、諦めた人間といえるだろう。器用になろうとか、健康になろうという努力をすっかり諦めている。しかたがない、自分は不器用で不健康なのだ、これは治せない、と。

人と比較をすることも諦めているのだが、それにしても周囲の人は「元気」がありすぎるし、「やる気」もありすぎる。自分はそこまで熱心に集中できない。溌剌《はつらつ》として取り組んだことがない。そういう思いが長く蓄積して、今の世捨て人みたいな人間が出来上がったものと思われる。

たぶん、生きることに対する諦めも、このあたりが根元にあるのではないか、と自分で分析している。

これといって強い意志がない

たびたび「夢は何ですか?」と質問されるから、とりあえず思いつくものを挙げることはあるけれど、しかし、本当のところは、「これが私の夢だ」というほど強い意識はなく、だいたいは「つもり」だったり、せいぜい「計画」であったり、という場合が多い。

また、今回も含めて、「何を諦めましたか?」とも質問されるけれど、「諦める」とも「諦めない」とも、あまり意識してこなかった。そういえば、「あれは諦めたな」というものも、思いつかないし、逆に、諦めたものなんて無数にあるだろう、という気もしている。

目の前にあるものは、「できる」か「できないか」である。「できない」ものは選べないから、「できる」ものの中から選ぶわけだが、実際には、それは「できそう」なものでしかない。その予想も確かではなく、見間違い、勘違いも多い。

僕は、特に「できるかぎり精一杯やってみよう」とか、「諦めずにこつこつと積み重ねよう」とか、そういった意識もあまりない。

どちらかといえば、気の向いたときに、少しずつやって、すぐに飽きてしまって、別のことに移る、という人生である。人と比べると「飽き性」であることは、たぶんまちがいないだろう。少なくとも「真面目《まじめ》」ではない。真面目になりたい、と思うくらいだから、真面目ではない。

死は綺麗さっぱりニュートラルだ

そんな人間なのに、知らないうちに「先生」と呼ばれるようになり、この本みたいなものを書かされるし、人生相談に近いような質問に答えたりしている。いずれも、僕がすすんでやりたかったことでは全然ない。どうしてこんなことをしているのか、と不思議に思うけれど、お金がもらえるのだから、まあ損はないだろう、という程度のことである。

偉くもなんともないし、立派だとも全然思えない。当たり前である。自分でもそんなふうには思っていない。人から、そう見られたいともまったく思わない。

死ぬときは、人知れず孤独死するのが良いだろう、と考えている。どこかで野垂れ死するのも良い。「良い」と書いたのは、「悪くない」からだ。望んでいるというよりも、それで充分だ、という意味である。

もちろん「死にたい」とは考えていない。今日も明日も、来月も来年も、やりたいことが目白押しで、死ぬよりは、それをやっている方が楽しい、という程度の比較はできる。だが、そのやりたいことができなくなったとしても、まあ、それはそれで、しかたがないだろう。

死ねば、なにもできなくなる。病気になれば、できないことがある。気分が乗らなければ、できないことがある。そもそも、やりたくてもできないことは、いつも無数にある。

病気になったら、できないことが悔しくて、残念な気持ちになるだろう。でも、死んだら、そんな悔しさもないわけで、綺麗さっぱりニュートラルとなるだけだ。だから、それほど悪い状況とは思えない。

死後の世界を信じている人がいる

人が死を恐れるのは、突き詰めて考えると、死そのものではなく、死へ近づく時間を頭に思い描いているように思える。これから死ぬという（まだ生きている）時間の体験をしたくないのだろう。それはそのとおりかもしれない。苦しかったり、気持ち悪かったりするのは、誰でも避けたいはずだ。ならば、一瞬で気を失って、そのまま死ぬなら、問題はないのではないか。これには、多くの方が反論しないと思う。そういう死を望んでいる人は、わりといらっしゃるようだ。

少しまえというか、昔のことだが、死後の世界が存在するような感覚を、けっこうな割合の人が持っていた。今でも、これは否定できない。死んでも、なにかしらの感覚が残っていて、天国へ行ったり地獄へ行ったり、この世を眺めることができたり、霊魂のように意識だけが残ったりする、そんないわゆる超自然現象を、皆さんがなんとなく信じているのだ。

科学的に考えて、そんなものは存在しない。そう聞いても、納得しない人がいる。科学では証明できないことがあるとか、霊魂を否定する科学的エビデンスはないとか、そんな話をされる。その理屈でいくと、ドラえもんやゴジラも否定できなくなる。否定しようと誰も思わないだけの話だが。

生きているうちに楽しもう

僕は、先祖に手を合わせることもないし、神社にお参りすることもない。お守りも持っていないし、厄払いもしたことがない。これは、神様を「諦め」ているからだろうか?

そういう人間だから、死も普通に受け入れることができる。病気になるのも、怪我をするのも、困った状況であり、それは「死」も同じだ。それが自分の身に降りかからないように、いろいろな注意をした方が良いだろう。でも、万が一降りかかった場合には、それはしかたがない。病気や怪我は、しばらく我慢をして治るのを待つしかないし、「死」はそれさえも必要ない。一巻の終わりである。

もう少し意地悪な書き方をすれば、諦めようが、しつこく拘ろうが、「死」という自然現象には影響しない。だから、「諦めよう」「覚悟しておこう」ともいうつもりはない。

ただ、死ぬことを忘れずに（つまり意識しつつ）生きることは、まあまあ良い方向なのではないか、という気がしている。なにしろ、死ぬことを考えれば、生きている今の時間を楽しもう、となるからだ。

短絡的な快楽に身を投じてしまう人もいるかもしれないが、それも悪いとはいえない。快楽に身を投じたまま、全然死が訪れず、長く生き続けることになって、つけが回ってきて苦しみを味わう結果になる、という不幸が心配されるだけである。

いつ死ぬのかが事前にわかっていると、こういったミスを防ぐことができるだろうか。どうかな、そうでもないかな。死ぬ日が定まったら、よけいにぐずぐずとした毎日を過ごす人が多いかもしれない。生きることまで諦めてしまう、というか、既に死んでいるような人間になってしまう恐れもあるだろう。

老後を心配する人が増えた

たしかに、「死を諦める」という表現は、多少不適切かもしれない。死は、諦めるような対象ではない。何故なら、「諦め」は「期待」をやめることだが、死を「期待」している人はいないからだ。

というよりも、「死への抵抗」を諦める、というのか、「生への執着」をやめる、というような意味なら、だいぶ理解しやすいかもしれない。

「苦しまずに死にたい」は、ごく普通である。わざわざ言葉にしなくても、誰もが願っていることだろう。どうせ死ぬのだから、生きることに執着し、自分は苦しみ、家族にも迷惑をかけるようなこと(これも自分の苦しみのうちだろう)をできれば回避したい。たとえば、癌保険などのように、医療費の負担を少なくするような備えも一般的だ。

近頃は誰もが長生きになり、頭脳も肉体も衰えても生きている。一般的な傾向として、医療というのは、最小限の生命活動を維持するような処置を優先するものであるから、必然的に、不自由でも生かされる老人が増える結果となる。

僕が子供の頃には、どの家にも寝たきりの老人がいたものだ。奥の座敷は、昼間でも襖が閉まっていて、中に入ってはいけない、と注意をされた。その家のおじいさんやおばあさんが寝ているからだった。今は、そんな家は少ない。都会ならほとんどないだろう。

以前よりも、老人は増えているし、面倒を見なければならない子供（あるいは親族）は相対的に減っているのだから、もっと大勢の寝たきり老人がいるはずなのに、どこへ行ったのだろう。つまり、病院や施設に入っているし、以前よりも元気な生活をしている、ということだ。

肉体的に不自由はなくても、頭が不自由になっている老人も増えているらしい。そういう姿を見ているから、自分の老後を心配し、不安を抱く人が多いという。お金がかかるのではないか、誰が面倒を見てくれるだろう、と考えてしまう。ついこのまえまで、そういう心配はするものではない、縁起が悪い、というのが常識だったのに、もうそれどころではなくなってしまったようだ。

尻切れ蜻蛉を克服する？

というわけで、森博嗣のような変人にまで、「死への不安をどう克服すれば良いでしょうか？」みたいな相談が来るようになった。さあ、どう答えたら良いだろうか？

死への不安は、諦められるような対象ではない。でも、生への執着を諦めれば、死を穏やかに受け入れる心境になれるのではないか、と皆さん、想像しているのかもしれない。なんというのか、「高僧の徳を伝授してほしい」みたいな期待が寄せられているのかな。

もちろん、僕は単なる変人であって、高僧でもなければ、徳もない。穏やかに死を受け入れる心境というものが、どんなものなのか、よくわからない。考えたこともない。考えるだけ無駄ではないか、と想像することはあるが、それ以上に考える気にもなれない。

せいぜいいえるのは、「死」は、誰もが一生に一度経験するイベントだ、という点だけだ。それをどう受け止めるのかは、自由である。どのように受け止めても良い。受け止めなくても良い。放っておいても、特に困ることもない。

自分が生まれたときのことを覚えている人はいない。それと同じように、自分が死ぬ日のことも覚えていられない。人生の最初と最後は、いずれも闇の中、ビッグバンとブラックホールを連想するが、そんな大層なものでもない。いつの間にか生まれていて、いつのまにか死ぬのだ。死というのは、尻切れ蜻蛉《とんぼ》なのである。

尻切れ蜻蛉をどう克服するというのか?

葬式は一生に一度のイベントだが

この「一生に一度」という言葉も、たびたび耳にするようになった。最近だと、成人式が中止になって、「一生に一度のことなのに」と残念がる声をマスコミが伝えていた。結婚式もそうだし、誕生日だって、その年齢では一生に一度だ。

こういう、なんでも特別なものにしたがる症候群に、現代人は取り憑かれているようだ。

どうしてこんなことになったのだろう。それは、そういったイベントを「あなたの晴れの舞台です」とスペシャルなものに仕立て上げることで、商売繁盛を企《くわだ》てる人たちが煽っているからである。マスコミも、宣伝費で成り立っているので、片棒を担いでいる。この人たちが、「経済を回さないと」と訴えたり、「元気を与えたい」と綺麗事をおっしゃるのだが、もちろん宣伝文句なのだから問題はない。それに乗せられる方がおっちょこちょい、というだけだ。

葬式だって、それを商売にしている業界がある。遺体を火葬するだけでお終いにできないように、あらゆる圧力をかけてくる。それでも、昔に比べれば簡素化されつつあり、騙される人は減っているようだ。そこまで大衆は馬鹿ではない。

だから、まず、自分がそういう風潮に乗せられていないか、と振り返ってみよう。何を気にしているのかといえば、まちがいなく、「世間の目」である。しかも、その場合の「世間」とは、ごく身近な周辺、数人から多くても数十人だ。彼らから自分はどう見られるか、を気にしている。だから、それが気になって諦めきれない人は、期待に応えれば良いだろう。そうではなく、自分の自由にしたい人は、その周辺の人たちを諦めれば済む。

これで、多少は穏やかに死が迎えられるのではないだろうか。

みんなと同じなら大丈夫という幻想

怪しげな宗教のように、これこれこうすれば天国へ行けますよ、といった話は、今でもあるようだ。そういうものに金を投じて、穏やかな死を買おうとする人もいる。それも、本人の自由だから、悪くはないかもしれない（違法であれば悪いが）。

少し離れたところからは、「神様しか信じるものがなかったのだな」というふうに見える。もっと自分の楽しみがあって、老後も日々楽しくてしかたがない人もいるし、なにもすることがなくて、ぼうっとしている人もいる。どちらの人が、神様に金をつぎ込むタイプだろうか？

このような個人差というのは、子供たちを観察しても容易に発見できる。人間というのは、本当にばらついていて、いろいろなタイプがいる。

それなのに、周囲のみんなを気にして、同じようにしたい、同じように考えたい、と願っていることは不思議である。みんなと同じであれば、とにかく大丈夫だと安心するのだ。もし自分だけが違うと、自分は間違っている、とさえ思い込んでしまう。これは、何故なのか？　どういう幻想だろうか。

ようやく、普通と違った人を身近に見つけると、自分もその人のようになろう、見習おうとする。だが、今まで何十年も「周囲と同じ」生き方をしてきたのに、そうそう簡単に、「人と違う」真似はできない。せいぜい、「人と違う」ファッションを試す程度の外面的な装いだけである。

「考え方」はオペレーション・システムである

「どう考えれば良いのか？」という質問を頻繁に受けるけれど、「考え方」というものは、何十年もかかって築き上げたプログラムであり、ＯＳ（オペレーション・システム）

なのだ。それを、「こうすればできます」と簡単な言葉で伝達し、理解させることはとうてい不可能である。機械でいえば、パソコンが、炊飯器に「どうすればご飯が炊けますか?」ときいているようなものだ（どちらが高性能かという話ではない。根底から違うもの、という比喩である）。

ほぼ同じ機能のパソコンであっても、OSが異なれば、プログラムを移植しても動かない。誰かの「方法」を聞いて、たとえ理解しても、その人には実行できなかったり、実行できても、役に立たなかったりするだろう。

言葉というものは不思議なもので、外国語を聞いたら、なにがなんだかわからないが、同じ日本語だったら、「わかった」と錯覚してしまうのである。それは、日々、その言葉を聞いているから、頭の中に言葉が入る、という現象である。だが、理解しているのか、応用ができるのか、本当に意味するところ（価値）を抽出できるか、というと、ほとんどの場合、そうではない。これは、「見える」ものなら、見ただけですべてを理解できるか、というのと同じだ。

試しに、量子論や重力場の問題を記述した本を読まれると良い。日本語だから、読めるはずだ。読めるし、言葉を記憶することもできるだろう。でも、わかったといえるだろうか？

宇宙の果てまで思いを巡らせて

ここで急に思いついたのだが、そういった物理学の書物を読むことは、「死への備え」になるような気がする。何故なら、人間がいかにちっぽけな存在であるかを感じることができるからだ。

宇宙の大きさや時間的長さを意識した途端、個人の存在に「諦め」がつくだろう。人間関係の軋轢《あつれき》や、偏見や差別、伝統や格式、自分の身の回りの人間関係など、どうでも良くなるにちがいない。

そうしなさい、という話ではない。人間はいろいろな視点を持つ能力がある。自分の目で見えているもの、そこにあるものだけが世界ではない。宇宙の果てまで、何十億年も過去や未来へも、想像の目を向けることができる。

そういった複数の視点を持つことが、現実の中で生きていくうえで、ときには有効となる、という一つの意見である。それで救われる人もいるし、もちろん救われない人もいる。

すべてが平均値の人間はいない

僕は考えることが好きな子供だった。いつもいろいろ考えていて、目の前の現実に焦点が合わないことがよくあった。こういう子供を、母親は心配するだろう。特に、長男が病気で亡くなったあと次男の僕が生まれたので、なおさらだったと想像する。

僕の息子も、そんな子供で、二歳になるまで一言もしゃべらなかったし、じっと絵本などを見続けて、人の話を聞かない子供だった。僕の奥様（あえて敬称）は、心配して何度か医者へ連れていったり、知人に相談したりしたようだ。そんなとき、僕は彼女にこう言った。「無駄口を叩かないなんて、素晴らしいじゃないか」と。きっと、彼女は頭に来たことだろう。

ところが、ある日、自動車に三人で乗っているときに、自分を指さして「僕」、母親を指さして「ママ」、そして僕を指さして「パパ」としゃべった。その後は、うるさいくらいしゃべるようになった。少し変わった子ではあったけれど、問題なく育ってくれた。

何故こういう話をしたのか、というと、人が見ているものは、さまざまであり、考えていることは、さらにさまざまだ、ということである。

人を「平均」や「常識」という尺度で測って、「普通じゃない」「おかしい」とラベルを貼っても、特に意味はない。また、どうラベリングしても、現実に影響するわけではない。

自分は、ちょっと変だ、と思うのがむしろ普通だろう。なにしろ、ずばり平均的な人間なんていないからだ。

すべての人が孤独である

みんなと同じように育ってほしい、と母親は願うらしい。みんなと一緒に遊べる子になってほしい、とも思うという。僕は、そうは思わなかったから、息子が幼稚園で一人で絵本を読んでいる、と聞いても、なんとも思わなかった。母親は、こういう状況も受け入れ難いものと認識し、心配するようである。

子供は二人しか経験がないが、犬は一〇匹くらい飼ってきた。全部、性格が違う。興味を示すものも違うし、癖も違う。それぞれに、良いところもあり、悪いところもある。誰が一番素晴らしかったか、と順位をつけることはできない。そういうものではないだろうか。

生まれたときには、それくらいばらついて、さまざまな個性を持っていたのに、社会に出て、周囲と協調し、常識に染まっていく。子供のときには、想像をし、いちいち考えたはずなのに、だんだん考えない人間になる。みんなと同じだと安心する人が多くなるのは、同じようにしていれば安全だ、という動物的な防衛本能だろうか。

しかし、同じように、一緒にみんなで死ぬわけではない。人生は、やはりそれぞれ個人のものである。孤独を極度に恐れているようだが、それは、誰もがまちがいなく正真正銘の孤独だからだ。

大勢に囲まれている、と思っているかもしれないが、それこそが幻想である。自分はみんなに理解されている、みんなから好かれている、という幻想に縋《すが》っているだけだ。なにしろ、他者の考えを知ることは不可能なのだから。

自分の考えしかわからない。自分としか正直な対話はできない。自分だけが自分のことを理解している。それが普通なのだ。だから、全員がまちがいなく孤独死する。それが人間の人生である。

今の自分が寂しい理由

孤独を恐れている人は、過去のどこかに一時期だけあった賑《にぎ》やかな環境、大勢が集まって一緒に活動していた雰囲気、その楽しさが諦めきれないのだろう。

誰でも、そういった賑やかさを経験する。しかし、それは長くは続かない。一時的なものだ。カップルであっても、また家族であっても同様である。

よく思い出してみると、そんな時期にも一人の時間があったはず、仲間と上手くいかない期間もあったはずだ。だが、どういうわけか、そういった都合の悪い部分の記憶は、無意識のうちに隠蔽《いんぺい》される。本能的な精神の防衛反応のためだ。

つまり、良い思い出ばかりが繰り返し再生されるので、懐かしい思い出は、どんどん楽しいものになる。子供の頃の思い出などは、その典型といえる。もちろん、なかにはトラウマといって、悪い思い出もあるけれど、この場合も、悪いものを思い出さないよう別のものをシンボルにしたり、忘れようと無理をしたりする結果がトラウマとなる。思い出が良いものになるのも、悪いものを隠した副作用なのだ。

そういった楽しい経験が、忘れられない、諦められない。今の自分は、それに比べて寂しすぎる、と思えてしまう。そこにまた無理が生じる。それ自体がストレスとなる。

老人に必要な諦めの美学

まず、自分が老人であることを自覚し、老人は寂しいものだと諦めること。否、老人だけではない。人間は寂しいものだ。人間なんだから、寂しさくらい我慢しよう。

これは、別の言葉でいえば「悟《さと》り」である。

そして、そんな落ち着いて、にこにこしている老人は、きっと周囲からも親しまれるだろう。寂しさを紛らせるために無理に誰かとつながろうとか、賑やかな場所へ出ていって語りたがる老人は、だいたい疎《うと》まれる傾向にある。何故なら、誰の目にも、それが不自然だと映るからだ。

老人というのは、死期が近づいた人のことである。少しずつ、生きることを諦めつつ、穏やかに生きていれば、人生の最期を迎えるときも、微笑んでいられるのではないか、と僕は思っている。

次の世代になにかを伝えたい、自分がやってきたことを受け継いでもらいたい、といった欲求は、できれば老人になるまえ、若いうち（四十代くらいか？）に済ませておこう。相手が教えてほしいとアプローチしてきたら、応えれば良い。自分から語るものではない。

老人に必要なものは、「諦めの美学」だと僕は思っている。

［第7章］

変化を選択する道について

人生の先が見えてくる世代

次は、中年の方に向けた話題かもしれない（決めつけているわけではないが）。既に今の仕事で安定した生活ができているが、自分の人生はこのままで良いのか、と考えるようになった人が沢山いらっしゃるように見受けられる。

僕の場合は、三十代半《なか》ばの頃がそうだったかもしれない（人生は六〇年と想定していたから）。助教授に昇格し、引っ越しをして自宅を建てた。子供たちは小学校の高学年。仕事は忙しく、しかも若いとき（つまり助手だった頃）のように建設的（クリエーティヴ）なものではなく、つまらない会議などが増えていた。

助教授というのは、上には教授しかいない立場である。研究費などの差はないし、研究室も独立して受け持つ。僕は助教授の中では若かったけれど、大学には年齢による序列はない。上司というものは事実上ない、といえる立場だった。

国立大学の定年は六三歳だから、まだ三〇年近くこのままだ。途中で運良く教授になっても変化はないし、また罪でも犯さないかぎり失職することもない。給料は年々アップするが、仕事の成果を評価されることはない。安泰といえば、そのとおりの立場である。

しかし、ここで僕は小説を書いて、人生を一転させた。それは、このままの生活では自分の満足は得られないだろう、と考えたからだった。

転職する場合のタイミング

仕事に不満があったわけではないので、大学を辞めるという発想は、この時点ではなかった。ただ、今の給料では、広い土地を購入する資金を貯めることは無理だな、と思われたので、プラスアルファの収入を得るためバイトをすることにした。

この部分が少し、普通の方とは違っているかもしれない。僕が相談を受ける人のほとんどは、今の仕事を辞めたい、という気持ちが先行しているようだった。夢を目指して進路を変更したい、という気持ちの中に、今の生活から脱却したい、という思いが強く絡《から》んでいる場合が多数だった。

変化を望んでいることでは同じかもしれないが、新しいものにチャレンジし、古いものを諦める、というバトンタッチにおいて、微妙にタイミングが異なってくる。それは、チャレンジがさきか、諦めがさきか、という問題だ。

現状から早く離脱したい、という気持ちがあると、次の走者がまだ走らないうちにバトンを投げ渡すような感じになるだろう。バトンを渡すタイミングは、少なくとも次の走者が、同じ速度に達してからの方が安全である。現在の走者がアップアップの状態では、それ自体が難しいかもしれないが、もう一踏ん張りした方が良い。

田舎へ引き籠もることになった

僕の場合は、仕事を辞めるつもりはなかった。つまり、バトンタッチを考えていなかった。ということは、大学勤務と小説執筆の仕事を両立させなくてはならず、これは時間的にかなり厳しいし、体力も消耗する。しかし、この状態が一〇年近く続いた。最後は、「もう歳《とし》だからな」と諦めて、大学も小説も、両方とも退くことにしたのである。
その後は、都会に住む生活を諦め、田舎へ引っ越した。最初これには奥様（あえて敬称）が反対していた。彼女は都会派なので、賑やかな場所から離れたくなかったのだろう。

僕だけが引っ越しても良かったのだが、僕も都会で育った人間なので、田舎の生活がどんなものかわからない。一人でやっていけるかな、と考えているうちに時間が過ぎた。結局、仕事を辞めてから五年ほど経って、ようやく決意がついた。

最後は、奥様の方が「行ってみようか」とおっしゃったので、弾みがついた。彼女の判断理由は、「犬が喜ぶ」だったと思う。現地に初めて行ったときに場所を決め、すぐに契約し、半年かけて家を建ててから引っ越した。

田舎の生活がもう一〇年以上になるけれど、奥様も今の生活が気に入っているようで、「この景色が素晴らしい」と毎日のようにおっしゃっている。明らかに、老人になったのだ。僕は、景色にはさほど興味はない。でも、庭仕事に勤《いそ》しむ時間が増え、屋外活動がかつてに比べて一〇倍以上になっただろう。インドア派だったのに、いつのまにかアウトドア派になってしまった。

思い出してぞっとする都会生活

ブログなどで、この生活の様子を（ほんの一部だが）ずっとアップしているから、大勢の方が、「こんな生活がしたい」とコメントしてくれる。だが、こちらは、この生活がしたくて、こうなったわけではない。都会を抜け出したい、と思ったことは、僕も奥様もなかった。たまたま、こういうライフスタイルになった、というだけだ。

たしかに、仕事は諦めた。研究職もだし、また小説家としても、諦めたと思う。もともとばりばり仕事をするタイプではないので、これも自然の成り行きだっただろう。欲しいなと思ったものに手を伸ばす、ということの繰返しでここまで来たのであって、嫌なものから逃げてきたわけではない、ということである。

しかし、田舎で生活すると、都会の生活の嫌さが見えてきた。あとになって、「よくあれが我慢できたな」と思い出すことは非常に多い。

都会に住んでいるときは、それが当たり前だと思っているのだ。ゴミを分別して指定された時間に持っていき、老人の見張りに文句を言われたりする。どこの店に行くにも、駐車場の心配をしなければならないし、どこにも行列ができ、順番待ちをしなければならない。電車やバスでは、他人と躰が触れ合うほど接近し、暑くて汗が出ても動けない。常に、どこからともなく騒音が届き、家は振動し、そして空気は臭っている。便利さに値段がついていて、ほんのちょっと駅に近いとか、店に近いということを大袈裟に宣伝する。壁一枚でプライベートが守られると信じ、むこう側の世界を意識から消し去ろうと努力をしている。協調性のある人たちが集まって、協調性をマナーとして大勢に押しつける。エスカレータで立つ位置まで文句を言う。

諦めたことがないのは期待しなかったから

今の暮らしは、なにも制約がない。毎日なんでもできるし、なにもしなくても良い。町内会もないし、なにかの当番もない。我慢をすることといったら、天候くらいである

（もっとも、今住んでいるところは、台風も梅雨もない）。

それでも、僕は、なにかを諦めようと思ったことがないのである。面倒なものたちからは自然に離れることができた。そのとき、なにかを諦めようという気持ちはなかった。それは、そもそも期待していなかったからだろう。都会というものに、期待をしていなかった。同様に、仕事にも期待をしていなかった。小説家という職業にも、何一つ期待していない。

やはり、諦める事態になるのは、期待したからなのである。だからといって、「期待するな」というつもりはない。僕に助言や人生論を期待しないでもらいたい。人から期待されることが、とにかく嫌いな人間である。

夢を自分で膨らませる楽しさ

ただ、いろいろな人間を見て、いろいろな生き方があることを知るのは良いことだ。

そして、そんな中に、自分もやってみたいものを見つけ、そこから夢を膨らませるのも良い。人の生き方はヒントになる。だが、夢を膨らませるのは自分だし、その膨らませている間が、夢というものの一番の楽しさでもある。

勘違いしやすいのは、同じことをすれば、同じ楽しさが味わえる、と期待してしまうことだ。また、同じ方法を採用すれば、同じように成功する、と期待してしまうことも、誤りである。アスリートと同じ靴を履いても、同じようには走れない。コツと呼ばれるものを伝授されても、けっして同じようにはできない。これが真理というものだ。

だからといって、「自分には無理だ」と諦めるのも、また間違いだろう。面白そうだな、やってみたいな、と感じたら、とにかくやってみること。きっと上手くはいかないだろうが、しかし、面白さは少し感じられるはずだ。つまり、そこが本質なのだ。

たとえば、テレビでサッカーを見た子供が、シュートの真似をしてボールを蹴って遊ぶときには、自分がヒーロになった気分でいる。おそらく、プロサッカー選手本人よりも、何倍も楽しい思いをしているだろう。彼は、サッカー選手になる夢を持ち続け、学校ではサッカー部に入り、練習を重ねる。その期間も楽しい思いができる。でも、最初に一人公園でボールを蹴ったときよりも、だんだん楽しさは小さくなる。何故なら、

「苦労」の時間が入り込んでくるからだ。その後も、楽しいこと、苦しいことが繰り返される。

楽しさは、夢へ向かう加速度にある

運良くプロサッカーの選手になれて、「夢が実現した」と歓喜しても、そこからはまた苦労の連続である。子供の頃の楽しさをときどき思い出して、彼はその人生を生きていくことになるだろう。

さて、どこに「楽しさ」があるのかというと、夢が実現したときの「満足」とは、少しずれていることがわかるだろう。

楽しさの本質は、満足へ向かう途上にある。どちらかといえば、それは「不満」のステージだといっても良い。これを、「ハングリィ」とも表現する。上を向き、前へ進もうとしているときが、一番充実している。迷うものもなく、自分を信じていられる期間でもある。

いずれは、どこかで幾らかを「諦める」ことになる。目標を設定すれば、たしかにそこが一種の区切りになるが、道路の脇に立った標識と同じで、その先にも道は続いている。夢に到達したあとも、その先にいやおうなく進むことになるだろう。どこで最も満足できるのか、どこが一番楽しいのか、と少し想像してもらいたい。

もし、最初に「あそこへ行こう」と思い立ったときが一番楽しいとしたら、到達が無理かどうか、行き着けるかどうかは、この時点では無関係なのだ。そんなことはどうでも良い。ただ、「行きたい」と思うだけで、楽しくなれる。

それができるのは、子供の特権、若いときに限られる、と諦めている人も多いかもしれない。本当にそうだろうか?

誰がそう決めたのか、といえば、結局は自分である。「どうせ、自分には無理だから」という理由で、諦めているのである。しかし、「無理かどうか」は楽しさとは無関係だ、ということをここで書いている。ご理解いただけただろうか?

自分が「よくやったな」と思えるか

たしかに、たまたまそこそこの成功をした人だけが、ストーリィを語る傾向にある。これは、本当は間違っていると僕は思う。挑戦したけれど駄目だった、でも楽しかった、という話が伝えられないのは、実に不思議なことだ。このあたりは、伝える側、特にマスコミにも責任があるだろう。

成功した人の話にしか耳を傾けない、という人が多いのは、そういうものしか語られていないからではないか、と僕は考えているが、そればかりではなく、やはり成功者を知り、間近に見ないと、耳を傾ける気になれない、という人が多いのかもしれない。

努力をしている人、その努力を続けて、楽しんでいる人が、どこにでもいるものだ。そちらへ、もう少し目を向けるべきだろう。

こう考えても良い。目的とか夢として語られているのは、単なる看板やキャッチフレーズ程度の「言葉」に過ぎない、と。本当の目的は、自分がよくやったな、と毎日満足できることだし、本当の夢というのは、その経験から自分だけが感じられる「幸福」であり、この幸福感を「楽しい」と表現しているのだ。

幸福は分かち合えない

また、幸福感というのは、仲間と分かち合うものではない。自分の中で生まれ、外に出ていかない。自分の中で完結している。ここに注意が必要だ。同じ楽しさを味わっているように見えても、それぞれに満足度は異なる。だから、パートナと一緒に、家族みんなで、仲間と一丸となって、と考えているとしたら、そこを注意すべきである。

「え? 分かち合えないなんて、寂しい」とおっしゃるかもしれない。そのとおり、人間とは、寂しいものである。その本質を忘れようとして、集団の幻想が生まれる。

みんなで分かち合おうと、ネットで広く伝えようなどとも、考えない方が良い。そういうものは、本当の幸福感とはいえない。みんなが注目している、という幻想を抱いて、自分がスターになったような気分を味わいたい人が、この頃多いけれど、それは、そういうスターを見て憧れているだけのことで、スターは実はそんなもので幸福を感じていないはずである。

こういった誤解を生むのは、「言葉」のせいだ。たまたま、外部から見えるもの、伝達できるものが「言葉」なので、そこに拘《こだわ》ってしまった結果といえる。

スターは、「ファンのおかげです」「多くの皆さんに応援していただき感謝します」という言葉を発する。大勢の声援に満足しているのだな、とファンは自然に信じる。実際はそうではない。スターは、自分の仕事を自分で評価して満足しているはずだ。そうでなければ、一流にはとうていなれないからである。

綺麗事が行き交う社会

店の経営者にインタビュアがマイクを向ければ、「少しでもお客様の笑顔が見られるようにと考えて、新メニューを開発しました」と語るだろう。しかし、笑顔が見たいのなら、無料で提供すれば、もっと大勢の笑顔に出会えるはずだ。

小さな情報を拾って広く報じることが一般的になったおかげで、このような「綺麗事」が大衆に浸透し、今では小さな子供までが、政治家のような気の利いた（つまり大人に忖度《そんたく》した）物言いをするようになった。その場で発するに相応《ふさわ》しい言葉は、挨拶のようにみんなが笑顔になれるものであり、人情や友情や愛に満たされている。しかし、それは明らかに本音ではない。ただ、「儲けたいだけです」という本心はあまりにもストレートだから、嫌われている。子供も、「良い子でいれば褒められて、自分の利になる」と計算している。

それが、ネット社会に顕著に現れている。実社会でもそうだが、ネットはさらに「言葉」が前面に出て、綺麗事の応酬になる。そういった場で自分の夢を語り、みんなから「いいね！」をもらって満足していると、そのうち、その段階から進まなくなるか、それ自体がストレスになるかのどちらかだろう。前者の方が多い。だいたい七割くらいか、というのが僕の観察結果だ。ストレスになる三割は、ネットから離れていき、本来の夢を再確認するので、こちらの方が「好転」と見ることができる。

SNSで夢が叶う擬似体験

一五年ほどまえのネットは、そうではなかった。多くの人が夢をそこで育てることができた。しかし、それを見た大勢がネットに参入し、実社会と同じか、それ以下になってしまった。一五年くらいまえがターニングポイントであり、スマホが登場したり、SNSが広く一般化した時期と一致している。

僕自身は、ネットをかれこれ三〇年ほど体験してきたが、やはり前半の一五年で多大な恩恵を受けた。そして、後半の一五年は、ほぼ沈黙することに決めて、今に至っている。沈黙しているのは、メリットよりデメリットが大きすぎる、という判断であり、「ネットを諦めた」と表現しても良いだろう。

ただ、別の見方もできる。このSNSというのは、夢のごく初期段階でも、夢が叶う擬似体験ができる。いわば、ヴァーチャル・リアリティの一種と考えることができるだろう。

ちょっとした作品を発表するだけで、芸術家になった気分が味わえるし、小説を小出しに発表して、読者の反応の手応えを体験できる。けっして悪くない。平和な環境である。

ただ、問題は、それは芸術家や小説家のほんの一部でしかないし、もしかしたら、全然別物かもしれない。少なくとも解像度が落ち、実質的な充実を味わうことにはならない。それでも、これで満足できるのなら、けっこうなことである。ゲームを楽しんでいる人に、「そんなものは現実じゃないぞ」と文句をつけるのと同じで、言うだけ野暮というものだ。

メジャからマイナへのシフト

現代社会というのは、このように、広く多くのものが手軽に楽しめるように作られ、大衆の前に「どれでもすぐに楽しめます。どうぞお手に取って、確かめてみて下さい」と並んでいる。店へ行く必要もなく、個人の目の前にまで押し寄せてくるから、つい手を出したくなるのも当然である。

かつては、本当にマイナで一部の専門店でしか手に入らなかったものも、個人の趣味を察知して、むこうから近づいてくる時代である。まさに、「据《す》え膳《ぜん》の社会」といえる様相ではないか。

「田舎暮らし」だって、今では立派な商品となって、絶賛好評売出し中である。「人々の夢をサポートする」と謳《うた》われているが、もちろん、それは綺麗事であり、商機があると踏んでいるからプロデュースされる。

メジャなものでしか商売になりにくかった時代から、マイナ志向にシフトしたのは、社会が全体的に豊かになり、メジャなものが行き渡ってしまったからだ。よりマイナで、人々の欲求に深く入り込むようなアプローチが必要になった。

手軽で便利で、しかもかつてよりも安価になっている。情報、生産、流通に金がかからなくなったことが大きいだろう。社会自体、経済のシステム自体が合理化された結果といえる。

自分の色を選ぶだけの社会

では、こんな素晴らしい状況になって抜け落ちたもの、失われたもの、忘れてしまいがちなものは、何だろうか？　それは、個人の「自分なり」のスタイルである。

いくらマイナ志向になっても、商品や製品は、ある程度の共通化と単純化が必要なのだ。アナログをデジタルにするように、各種取り揃えていても各段階のギャップの間には隙間があって、そこが埋められない。四捨五入によって、細かい桁がどうしても捨て去られる。

そこは、各自で補ってほしい、というのが建前なのだが、残念ながら、大衆はそのデジタルの解像度に慣らされてしまう。自分なりのスタイルを、既存のものに合わせてしまう。

ユニクロへ行けば、沢山のカラーのシャツが選べるだろう。クレヨンも色鉛筆も色数を誇って箱に並んでいる。そういうものに慣れ親しむと、色を混ぜ合わせて、自分の色を作る作業を忘れてしまう。そんな発想さえしなくなる。その間に存在するものは、もともとないものになるのだ。

結果として、「自分なり」のものが、消えているのである。親切にも世の中は、「その色はありません。諦めるしかありません」とあなたに教えてくれる。

なんか少し違うような気がするけれど、まあいいか、と諦める癖がつく。色を「選ぶ」ことに比べて、色を「作る」ことは、格段に面倒で、時間もお金もかかるうえに失敗も多い。だから、誰も作らなくなり、選ぶだけになる。

自分なりのものを感じる能力

ここで本当に失われているのは、その色を作るために必要だった人間の「感覚」である。見極めること、違うと判別すること。そして、何が不足しているのか、どうすれば「自分」が思ったものに近づくのか、と考える力である。

誰も「諦めた」わけではないが、知らないうちに、自然に「諦め」させられているのである。

多くの人は、それで満足している。ときどき、少し違うかな、と首を傾げる程度だろう。しかし、だんだんその違いが蓄積する。違っていたときに生じた不満も少しずつ溜まるだろう。

そんなときに、「自分なり」の自由を持っている人に出会うと、「あれ、そんな色があったの？」と驚くことになるかもしれない。そういった機会でもなければ、気づかなかったものだ。ただ、それはその人の色であって、「その色はどこで買ったの？」「その色はどうやって作るの？」と尋ねても、意味はない。自分の色ではないからだ。それが、ずばり気に入った色だ、と思いがちだが、それでは、ショーケースに並んだ色見本が一つ増えただけにすぎない。

自分なりのものを作る

では、結論を書こう。つまり、そのように自分の色を、並んでいるものの中から探し出すことを諦めれば、結果として、自分の色を見つけることにつながる。どこにもなければ、作るしかないからだ。

また、その色を作り出すプロセスを、毎日SNSで報告し、「この色はどうでしょう?」と他者に問いかけたりしないことである。自分で判断する目を育てることが、色を作る能力の本質だからである。

新しいものを得るためには、なにかを諦める必要がある。その新しいものは、あなたの心の中にずっと、子供の頃から眠っていたものである。まずは、それを思い出し、心の中から取り出して、このリアルの世界で具体化する、それが「作る」という行為なのだ。

「金がない」「時間がない」のなら?

夢に近づくために諦めなければならないものは、非常に沢山ある。たとえば、夢が実現できない言い訳にしているものたちだ。「金がない」「時間がない」あるいは、「周囲の理解がない」それとも、「自分には能力がない」などである。これらを「諦める」には、どうしたら良いだろう？

具体的な方法は、身も蓋もないものになる。考えれば、簡単に誰でも思いつくはずだ。「金がない」というなら、何に金を使っているか考えて、それを諦める。つき合いやギャンブルや外食やファッションに使っているなら、それらを全部諦める。「時間がない」というなら、何に時間を使っているか、よく自分を観察しよう。テレビを見たり、友達とおしゃべりしたり、スマホを触っている時間を諦めれば、相当な時間が容易に手に入るだろう。

そういったものに金や時間を消費している人は、とても運が良い。諦められるものを持っているからだ。まだまだ金も時間も余裕がある、という「持て余している」状態だからだ。

「理解が得られない」「自分に能力がない」のなら?

「周囲の理解が得られない」というなら、周囲を諦めることで即座に解決する。でも、それがどうしても諦められないなら、少しずつ時間をかけて説得してみよう。

もし、本当にあなたがやりたいことだったら、その説得も、夢への道を進む活動になるわけだから、それ自体を楽しいと感じられるはずである。あなたの熱意が本物なら、きっと理解を得られるだろう。

どうしても上手くいかない場合は、その人を諦めるしかない。理解してもらえないというだけで、反対や抵抗をされているのではない。自分と利害関係のない他者には、反対ができないはずだ。反対や抵抗は、違法だからである。誰でも自分の好きなことをする権利がある。利害関係がある場合には、その関係を合法的に諦めるしかないだろう。

最も厄介なのは、「自分に能力がない」という諦めの理由である。これは、思い込みかもしれないので、よく吟味《ぎんみ》する必要がある。また、今は能力がなくても、時間をかけて能力を高める方法があるかもしれない。夢を実現するための活動のうち、どこに能力が必要かを確認し、その部分だけを、別の方法に切り替えるなどの方策もある。極端な場合は、その部分だけを他者に依頼する。これはお金で解決する場合が多いが、もちろんよけいに資金が必要になるわけだから、その問題を別途解決する必要が生じる。

「夢」を分析することで別の道を探す

たとえば、絶世の美人（もちろん性別を問わない）になることが夢だ、という人は、人に依頼しても、夢が実現したとは思えないかもしれない。自分を磨くといっても限界があるだろうし、整形手術くらいでは、理想とするものとのギャップが埋められないかもしれない。

このような場合は、その夢を分解してみることだ。絶世の美人になりたいのは何故か、と考える。自分で自分の姿を鏡で見たいのだろうか。それならば、ヴァーチャル・リアリティで実現できるかもしれない。一人、恍惚と眺めて、幸福感を味わえるだろう。

そうではなく、周囲から「美人だね」と羨ましがられたい、という場合も、ヴァーチャル・リアリティで実現できるだろう。それくらいのものは、探せばあるはずである。また、美人になって、なにかをしたい、という目的があるかもしれない。であれば、美人になるのは単なる方法にすぎないわけだから、別の方法で目的を達成することを考えられるだろう。美人になって、特定の他者と良い関係になりたい、といった場合がそうである。美人でなくても、良い関係になる方法はいくらでもあるはずだ。

多くの夢や欲望は、このように突き詰めていくと、自分でも気がつきにくい別の目的が潜んでいるので、「美人になるしかない」と思い込まないで、自分の動機を分析することをおすすめする。案外、あっさりと「諦められる」可能性もある。

語ることで満足している人

夢があるのに、そこへ近づけないのは、言葉だけの夢を掲げて、それを壁に貼ったポスタのように日々眺めているからでは?

実は、この例がとても多い。ある意味で、今の状況に満足している。満足しているから、それ以上近づけないのである。

僕が若い頃に、友人の中にアイドルの熱狂的なファンがいた。そのアイドルと結婚することが夢だ、と本気で語っていた。しかし、彼が実際にしているのは、コンサートにいったり、グッズを買ったりする、ごく普通のファン活動だった。「本気で結婚したいわけ?」と周囲からからかわれていたが、「本当に本当に、真剣にそう思っている」と力を込めて主張していた。

もちろん、彼の夢は叶わなかった。そのアイドルが結婚したとき、「どう?」と尋ねると、「もの凄いショックだった」と語っていたが、さして落ち込んでいる様子はなく、その彼も、のちに結婚し、幸せな家庭を築いているようである。

人間の気持ちというのは、正確に把握したり理解したりすることがなかなか難しい。本人でさえ、それができていない場合がほとんどである。「本気」とか「真剣」と言葉にはしても、それがどの程度のものかは測れない。

夢の実現率を報告できるかどうか

客観的には、その人がどんな行動を起こしているか、によってしか「夢」の強さは判断できないだろう。その行動とは何か。つまり、夢へ近づくための具体的な方法やスケジュールを持っていて、それについて検討し、現在の進み具合が説明できる、ということである。

簡単にいえば、「実現率」みたいなものだろうか。そういった報告書を書かせれば、ある程度は判別できるし、もしそれが形にならず、人に説明できない場合は、単に心にあるというだけで、現実にはなにもない状態と同じだ。

現実に存在しないものは、「諦める」ことに意味がない。諦めても良いし、そのままでも良い。どちらでも特に問題はない。本人には気になるかもしれないが、周囲にも、社会にも影響がない。

実現率がある程度の数字になる場合には、「諦める」ものがあるわけだから、諦めることで得られるものがある、という理屈になる。だから、有益な「諦め」をゲットするためにも、なにか具体的な進展をさせておくことは、まったく無駄にはならない。いざとなったら「諦められる」という「切り札」があるだけ有利だからだ。

冷静さと多視点が必要

そんな実質を伴う「諦め」は、目的達成に有効である。だから、いつも「何が諦められるだろう」という意識を持っていると良い。この一種の緊張感のような姿勢は、目的追求には欠かせないシビアな指向といえるだろう。

だいたい、なにかのプロジェクトが停滞していたり、会社がどうも傾き始めている、といったときに、新しいトップを迎え入れて方針を刷新し、危機を脱する方策を探るのだが、このときも、それまで「何を諦めるのか」を問わなかった、その緊張感の欠如が結果として判明する。

内部にいる者には、自分を客観視しにくい。事情を知っているという理由で、不都合を見逃してしまう。自分のことであれば、なおさらだ。自分はずっとこうだった。これでも自分は頑張っているのだ。自分はあのとき我慢をしたのだから、これくらいは良いだろう。というように自分を甘やかす。それを防ぐには「理屈」や「数字」しかない。難しい問題であるけれど、必要なものは「冷静さ」と「多視点」だろう。

どうすれば、冷静で多視点になれるのか、と問うことは無意味である。どうすれば、そうなれるかを自分で考えることによって、少しずつ冷静で多視点になれるし、いつもそれを忘れず、長く続けられれば、知らないうちにそうなっているはずのものである。

［第8章］

他者に期待しない生き方

さっと諦める？　とことん拘る？

ものごとに執着しすぎるのは、みっともないと感じる人が多いはずだ。ちょっとした衝突があったときに、さっと引くことができるのが紳士、淑女であるし、クールな人格だと認識されている。これは、なんでもすぐに諦められる性格だといえるが、ようするに、自分をコントロールできる理性の持ち主だ。

逆に、ものごとに拘《こだわ》る人が褒め称えられることもある。拘ったから成功した、というストーリィが前提となる。人気店は、「拘りの味」を売り物にしているのだ。自分の興味のある対象には、執拗に拘ろうとするのは、情熱がある、という印象を人に与えるだろう。

どちらが良くて、どちらが間違っている、というわけでもない。ときと場合による。諦めるべきときには、さっと諦め、拘るべきときには、とことん拘る。また、そのそれぞれの場合で、「さっと」や「とことん」という副詞が表現する姿勢に、両者の真髄がある。ただ、諦めろ、拘れ、という問題ではない。

研究者も小説家も、拘れる職業だ

僕は、「なにものにも拘らない」ことを信条としているが、それは僕が拘り屋だからである。放っておくと、とことん拘ってしまう人間なので、自分に対して「拘るな」といつも言い聞かせて、ちょうど良いくらいなのである。

研究を仕事にしていたときには、考えるべき課題があって、その解決ができないままでは、寝ることもできなかった。どうしても考え続けてしまう。食事も忘れてしまう、なんてことは日常茶飯事。たまたま、その仕事にはそんな性格が向いていたし、周囲も許容するので、そのまま続けられたのだが、別の仕事だったら、周囲と衝突し、おそらく上手くいかなかっただろう。たぶん、その場合には、自分の性格を修正することになったと想像する。

小説家になっても、ほとんど変わらなかった。幸い、この仕事も他者と足並みを揃えて作業をするわけではない。拘りたいところに拘ることができる。自分で予定を組み、自分が思うとおりに進められる。その意味では、研究者以上に個人的な職業といえる。折合いをつける必要があるのは、担当編集者だけである。

金持ちに憧れていたわけではない

僕は小説家に憧《あこが》れてなったわけでもないし、既に生活を維持するのに充分な定期収入があったから、小説家として失敗したところで失うものがなにもない、という気楽な立場だった。好き勝手に書けたのは、そういった条件だったからだ。さらに、これまた幸運なことに、そういう周囲に忖度《そんたく》しない小説家が珍しかったのか、そこそこコンスタントに本が売れて、そのまま現在に至っている。

なにも変わっていない。大金を手に入れたが、最初の目的どおり、土地を買って、そこに線路を敷いて遊べるようになった、というだけである。生活にはまったく変化がない。僕の家族も全員、以前のまま、同じである。パーティも開かないし、外食もしない。

洋服は買わないし、投資もしない。だから、お金は貯まる一方である。なんというのか、はっきりいって、金の使い道がない。もともと、そんなゴージャスな生活を期待していないので、想像も準備もしていなかったのだ。

家族にも子供にも期待しない

若い頃から、人の上に立つことが嫌いだった。目立ちたくない。大勢と一緒にはいたくない。一人で静かに模型を作っていたい。一人で飛行機を飛ばして遊んでいたい。あまり異性にも興味がなかったのだが、そういう人間が珍しがられたのか、何人かの女性とデートくらいはしたことがあった。誰もあまりぴんとこなかったのだが、一人だけ、僕が一八のときに会った女性が、「この人はちょっと違うな」と感じたので、興味を持った。

三回めに会ったときに「結婚をしないか」と話したら、彼女は頷いた。それが今の奥様（あえて敬称）である。まったく性格も嗜好《しこう》も一致しない、話も合わないのだが、既に四五年ほど一緒に暮らしている。共通しているのは、金に興味がなく、ただ自分が好きなことをしていたい、という点くらいである。

したがって、家族というものを夢見たこともなかった。実は、結婚にも何一つ期待していなかった。彼女は子供が嫌いだと話していたので、それは僕もだ、と応《こた》えた。子供なんかいらないし、料理を作らなくても良い。洗うのが面倒だから、紙コップと紙皿で生活しよう、と提案した。

だが、これは計画どおりにはいかず、彼女は料理をするようになり、毎日僕はそれをいただいている。子供も二人生まれて、今はもう三十代だ。

犬は僕が飼いたかった。彼女は犬が嫌いで、猫派だった。それが今では、僕よりも犬を可愛がっている。犬は、子供よりは自分の思うとおりになるから、多少は期待しても良いだろう。

僕の特徴的なところは、他人に期待しない、ということだ。理解を求めることもないし、こうなってほしい、こうしてほしい、という欲求もない。その人が好きなようにすれば良い。そのかわり、僕のことを放っておいてほしい。

家庭内では、各自が勝手な時間に起き、勝手なスケジュールで生活をする。カレンダに出かける予定くらいは書いておいてほしい、という要求がせいぜいである。

家族の「絆《きずな》」なんていらない。それよりも、お互いに自由を尊重するということが大事であり、それが我が家の「愛」であり、もしかしたら「絆」といえるかもしれない。

他者への期待が重い諦めとなる

多くの「諦め」は、期待から生まれる。期待が大きいほど、大きな落胆を味わって諦めなければならなくなる。期待したのは、自分の欲望であるが、特に他者に向かった欲望は、どうしてもずれてくる。その人にはその人の生き方があり、じぶんとは別の人間だからだ。いくら血がつながっていても、同じ人間ではない。まして、血がつながっていない他人ならば、なおさらである。それなのに、人間は他者に期待しすぎる。そこをもう少し誰もが考え直した方が良いだろう。

争いが起こるのも、期待の裏返しである。仲が良かったから、仲違《なかたが》いになる。関係があったから喧嘩になる。お互いが期待し合い、自分がイメージした見返りを夢見ているから、いつかは、その幻想を諦める結果が訪れる。

期待し合うことが「愛」ではないか、と反論されるかもしれない。そうかもしれないし、そうでない「愛」もあるだろう。自分がイメージしているもの、世間一般に広く普及しているものが「正しい」わけではない。いろいろなものがあるし、いろいろなものがあることを認めるのが「正しい」理解だ。

同じ考えでなければ仲間になれない？

日本人は、同じ考えでなければ仲間にはなれない、と思い込んでいる人が多い。そういう考えが、長く支配的だった。だから、少数派は隠れているしかなかった。しかし、今はそんな時代ではない。外国からも沢山の人たちが日本にやってくる。いろいろな思想や文化を認めなければならない社会になった。

自分はこう考える、と語る。考えが違うときは、議論をする。議論をしても、お互いの考えは変わらないのが普通だ。しかし、多少は影響を与え合うだろう。また、違うことがわかることにも価値がある。それが、人を知ること、理解することであり、違うことを認めてこそ、相手を本当に尊重できる。自分と違う考えの人にも、立派で尊敬できる人は大勢いるはずだ。

自分と同じ考えの人を探そう、なんて馬鹿馬鹿しいことは、早々に諦めた方が良い。同じ考えであっても、それは好き嫌いとは別の問題である。また、そのとき同じだからと喜んでも、時間が経てば違ってくるだろう。そうなるのが自然である。

「理解」というのは、同調することではないし、好きになることでもない。そういった単純な観念は諦めた方が良い。感情的なもので、すべてを解決しようという危うさがある。人間関係が破綻し、損をするのは自分である。

ネット社会でつながろうという幻想

ネットの普及によって、広く大勢の人と知合いになれる可能性が高くなった。そうなると、自分のことを理解してもらえる人がきっと見つかるだろう、と期待してしまう。

趣味が合う人なども、かつては情報網が限られているから、見つけるのも困難だし、またたとえ見つけられても、コミュニケーションの手段は、会うか、手紙か電話しかなかった。お互いの都合がつく時間をすり合わせる必要があった。人数が増えてくると、段取りだけでも大変だった。だが、それだけに、会うためにみんなが準備をし、話をすれば深い議論もできた、といえるかもしれない。

そういった、「つながり」が、今は子供のうちから目の前にある。「社会」というものに対しても、まるで視界が広く展開したように錯覚するだろう。大勢が「つながり」を求めている。誰かと「つながりたい」と呟《つぶや》き合っている。

つながることが、自身にとって有利であり、また精神的にも安定させる、という期待を大勢が抱いている。この「期待」が叶えられることはたしかにあるだろう。だが、叶えられないことも当然ある。あるときは、トラブルになり、「誹謗中傷」「いじめ」あるいは「詐欺」といった闇に陥《おちい》る。ネットのマイナス面がクローズアップされるのは、昔からのことだ。つまりは、実社会と同じなのである、という認識を持つことが大事だろう。過剰な期待が招く弊害は、実社会でもネットでも変わりはない。

信頼されると、やがて幻滅される

もちろん、ネットに限ったことではない。実際の対人関係においても、注意をすべきなのは「期待しない」こと、つまり最初から「諦めて」つき合うこと。これこそ、「人づき合いの極意」ではないか、と常々思うところである。

「親しくなる」というのは、「期待する」にわりと近い。「頼りになる」というのも同じだ。「信頼を得る」というのも、「期待される」とほぼ等しい。

自分が「信頼される人間」になるのは問題ない。たとえば、約束を破らないといった最低限のものから、相手の気持ちを察して行動する、相手が望んでいる以上のことをする、などレベルがあるが、信頼されるというのは、仕事では大事なファクタになるし、また友人関係や、家族においても、そういった役目を果たすことは重要だろう。

ただ、期待される人間になると、周囲は、あなたに過剰な期待を寄せるかもしれない。

そういった場合に、その過剰さより少ない成果しか出せないと、「期待を裏切られた」と言われてしまうだろう。期待からは、そういったトラブルがどうしても生じる。

自分に寄せられる期待は、相手の勝手だ、と割り切ることができれば問題は大きくならない。僕が期待される立場が生理的に嫌いなのは、とにかく勝手に期待して、勝手に失望する人がいるから、そんなトラブルから自分を遠ざけたい、という理由がある。

期待しなければ腹は立たない

自分が期待されるのは、防ぐことが難しいかもしれない。「期待しないでほしい」と伝える以外にない。だが、自分が相手を期待するかどうかは、コントロールできるので、とにかく、他者を期待しないように気をつけるようにしたい。

どうしても、無意識に期待をしてしまいがちだが、それが過剰な期待になっていないか、ときどき意識して確認するべきだ。

愛する人に対して、あるいは血縁者に対してなど、つい期待してしまう。たとえば、自分の子供に期待してしまうとか、自分が頼っている人に期待してしまうなど、ごく自然に、期待は大きくなりがちである。

誰かのちょっとした言動に腹を立てたときに、少し立ち止まり、振り返って考えてみよう。何故自分は怒ったのだろうか、と。それは、相手に期待をしているからではないか。相手にこうあってほしい、と勝手に考えているのではないか。

自分の子供に対しても腹が立つことがあるだろう。それは、「躾《しつけ》」と呼ばれる場合もある。自分の子供だったら、このようになってほしい、という期待が当然ある。それに、反するようなことがあると、腹が立つ。

もし、怒らずに「指摘」や「指導」ができるならば良いけれど、「怒り」がある場合は、注意が必要だ。それは危険な兆候だからである。

躾は必要だが、効果を過剰に期待しない

えてして、こういう場合には、「この子のためを思って」という言葉が出る。たしか

に、そういった「指導」で、その子が期待どおりに成長することもあるかもしれない。その「指導」がなくても、良い子になれる素質があったかもしれない。いずれも、明確なエビデンスはない。

犬などは、「止まれ」と指示することで確実に止められないと、危険を避けることができないので、犬自身か、あるいは対物、対人の大きな損害につながるだろう。だから、子犬のときに、「止まれ」と叱って、萎縮《いしゅく》させることが必要かもしれない。言葉が通じないし、成長しても理屈を教えることができないのだから、これは「犬のため」になる「躾」といえるのではないか。

そういった意味で、人間に対しても、ある程度は最初から「諦めて」臨む必要がある。身も蓋もない話をすれば、躾で能力が高まるわけではない。躾で善人になるわけではない。その場で萎縮し、善人の振りができるようになるだけである。

このような「躾」という行為に過剰な期待を寄せる人は、自分の言葉のとおりに他者がコントロールできると思い込んでいる。だから、一方的に「これをしたら、こうなる」というような約束をさせ、約束を破ったからといって、また叱りつける。

暴力によって人をコントロールするのは、昔は普通だったかもしれないが、現在では違法、つまり犯罪である。金で人をコントロールする方が、まだだいぶましである（合法と違法があるが）。

周囲のみんなのための自分？

特定の個人に期待を寄せるのではなく、漠然とした周囲のみんなに期待するような場合もある。特に、ネット社会になって、これが顕著に観察される。軽いものが多いけれど、たとえば、「みんなが注目してくれたら良いな」といった感情である。全然悪くない、普通じゃないか、と思われるだろう。

ところが、そういった感情が知らず知らず強くなって、自分がしたいこと、自分が楽しめることよりも、周囲の注目を優先するようになり、いささか度を越しているのではないか、と思われる場合が散見される。

食べるものも、買うものも、すぐに写真を撮ってネットにアップし、みんなに報告している人を見かけるが、周囲から「いいね！」をもらうために生きているみたいだ。そういう趣味なんだろうな、と思うしかない。本当に自分が好きなものを食べたり、買ったりしているだろうか？

今はＴｗｉｔｔｅｒやインスタグラムだが、かつてはブログだった。毎日ブログに書くことが楽しい、という人が沢山いた。工作関係でも、日々の工作の進展をブログでアップしている人が多く、同好の士には参考になるのだが、しかし、そのうちに、毎日アップできるような作業ばかりするようになる。人に見せる習慣に一度染まると、無意識のうちに、見せられるものを選ぶようになる。見栄えがするもの、大勢に受け入れられるもの、わかりやすいもの、短期間で変化があるもの、みんながびっくりするもの、が増えてくる。

世の中には、もっと深いもの、地味でわかりにくいもの、一見変化がないもの、長く続けているうちに活路が見出せるものがある。

「つながりたい症候群」の人たち

僕は、もともと一つの作業に集中しない人間で、趣味の工作であっても、二〇くらいのプロジェクトを同時に進めている。その中には一年くらい放置されるものもある。毎日ブログで経過をアップしても、非常にわかりにくい。人は普通は、一本道を進むプロセスが見たいからだ。

毎日思いついたことを、そのまま書いても、読者には面白くない。小説のように、筋が通っていて、ストーリィが順次展開し、起承転結があるものが好まれる。そういった「わかりやすさ」が求められているからだ。

けれども、人の頭が思いつくものは、一本道ではない。ずっと同じテーマを考え続けるわけでもない。私はこれを考えます、という専門が決まっているのでもない。誰もが、日々、いろいろなことを考え、つぎつぎと思いつくのである。

Ｔｗｉｔｔｅｒが、これほど広がったのは、つまりは一貫性、ストーリィ性を「諦めた」からだろう。ただし、この場合、ある個人に大勢が長く集まることはない。「筋」が失われたからだ。そこは別のメディアで補うことになるだろう。

どちらにしても、現代人は「つながりたい症候群」で病んでいる。スマホを切ることができない。かつては、「無人島へ行くなら何を持っていきたいですか?」という質問が流行《はや》ったが、現代人は「スマホに決まっているじゃん」と答えるだろう。おそらく、質問がこう変わるはずだ。「スマホが使えないとき、何をしたいですか?」

夢は夢のままで良い?

「夢」の話を人から聞かされているときに、僕が感じるのは、その「夢」の中に含まれている「他者への期待」である。それさえ「諦める」ことができたら、夢は案外簡単に実現するのではないか、とも思う。

ところが、そういう話をすると、実はその「他者への期待」が、その人の「夢」の本質であって、「諦める」ことなどもってのほかだ、となる。まあ、それはそれで、しかたないことだ。今のまま、期待を続けられると良いですね、諦めないで頑張って下さい、としかいえない。

同時に、その人は本当に夢を実現したいのだろうか、と僕は疑うことになる。もしかしたら、夢は夢のまま、ぼんやりと思い描くだけで、その人は充分な「楽しみ」を享受しているのかもしれない。全然悪くない。

ただ、それだったら相談しないでほしい、くらいは思うのである。

都会は他者に依存する装置か？

さて、他者に期待しない方が良い、という話で最後に取り上げたいのは、「都会に住む」ことである。

何故かというと、都会というのは、他者に依存する装置であり、都会に住むことは、ネット社会と同じメカニズムで、少なからず他者へ期待を増幅させる。他者を諦めきれない人が、都会に集まっている、ともいえるからである。

これに対して、「それは逆だろう、田舎の方が人どうしのつながりが強く、共同体を重んじているではないか。都会は、個人として生きられるようにシステムができている」と反論する方がいらっしゃると思う。

それも一理ある。そういった面もたしかにある。僕は、人とつき合いたくない個人主義の変人であるから、一人で生活するとしたら、絶対に都会だな、とかつては考えていた。都会というのは、隣の人と話をすることもないし、会話をしなくても買いものができる。たとえば、言葉が通じない土地で生活するとしたら、絶対に都会になる。田舎では、人とコミュニケーションが取れないことは死活問題となるからだ。

都会という環境は他者依存である

では、何故、都会ではそのような個人主義が可能なのだろうか？　それは、人間の代わりに機械や制度が援助してくれるからだ。たとえば、電車に乗ってどこへでも移動ができる。コンビニやスーパで商品を自分で手に取れる。食事を作らなくても、いつでもなんでも食べられる。お金を出せば、どんなことでもやってくれる仕組みがある。それが都会だ。

極端な例を挙げれば、水道があるし、電気もガスもある。それが都会という装置の機能である。だが、これらは面と向かって人とコミュニケーションを取る面倒を排除しただけのことで、自分以外の他者に依存していることに変わりはない。つまり、都会は周囲の装置に期待した仕組みなのだ。

だから、電車が遅れたり止まったりするだけで、大きな問題になる。それだけ電車に期待している人が多い。雪が数センチ積るだけで大騒ぎになるのも、公共の道路に人が期待しているからだろう。コロナウィルスで食事を出す店に時短要請がされたとき、仕事が終わったビジネスマンが「夕食難民」になる、と報じられた。台風の増水でマンションが停電しても、大騒ぎである。

田舎なら、電車が止まったら車で行けば良い。雪が降ったら、みんなで雪掻きをするだけだ。食べる店が閉まったら、自分で食事を作るだけの話ではないか。停電は日常茶飯事だ。田舎の人は、そう考えて鼻で笑うことだろう。つまり、都会人がいかに、他者に期待し依存しているか、という証左である。その環境に期待し、執着しているから、「そんなことでは、土地のイメージが悪くなる」「マンションの値が下がる」と怒りだす。期待していただけに、諦めきれないのだろう。

これが諦めの極意

他者に依存すること、他者に期待することが悪いのではない。人間は、そうしないと生きていけないのは事実だ。社会は、他者依存で成立している。しかし、その状況や関係性を忘れてはいけない、ということである。

人の姿が見えているうちは心配ないが、周囲が「装置」になると、他者の存在を忘れてしまう。それが、都会の危うさである。

都会でも、田舎でも、自分がいかに他者に依存し、期待しているか、と自覚することが大事だと思われる。自覚していれば、そういった期待が失われたときに、諦めがつくし、対処も的確にできるだろう。

諦める能力とは、つまりは、次のステップへすぐに移れる身軽さを意味する。諦めきれない時間は、判断を遅らせ、新しいものへの備えが間に合わなくなる。

突き詰めると、頭の固さが、諦めきれない主原因といえるだろう。

だから、日頃から自分がどんな状況にあるのか、高い視点で観察して、客観的な判断ができるように心の準備をしておく。

そのために必要なのは、悲観的な予測と、柔軟な思考だろう。

それが、「諦めの極意」である。

あとがき

「諦める」ことは戦略である

諦めることは、失うことではない。負けを認めることでもない。

そのようなネガティブな判断ではなく、もう少し事前というか、手前の段階において、「わきまえる」ことではないか、と思う。

自分の能力や、周囲の環境などを客観的に知ることで、無駄な労力をかけるまえに退くことは、むしろ勝つための戦略ともいえるものだ。

負けたくないから戦わない、というと「勇気がないのか」と顔を顰《しか》められるかもしれない。だが、被害を出したくないから、戦争を回避することが、「平和」を維持する方針である。この場合、諦めることは、まぎれもない正義といえるのではないか。

考えを落としていく作業

さて、僕はこの本のような「新書」を、もう二〇冊も書いてきた（本書が二一作めである）。そのほとんどが、出版社の編集者から「こんなテーマで書いて下さい」と依頼されたものだ。

編集者は、なにか具体的な「方法」を書いてほしい、と考えているようだが、僕が書くものは、たいていは「方法」ではなく、抽象的な「概念」や「方針」、あるいは「心構え」であり、方法であったとしても、せいぜいは「考え方」でしかない。何故なら、そもそも具体的な「方法」など存在しないからだ。そういうものがあるように見せかけた本は多いけれど、「多い」ということが、決め手が存在しないことの証拠といえるだろう。

依頼されたテーマについて、「こんなのは書けないな」と思ったことはない。たいてい、どんなテーマでも考えれば、なにかは書けるだろう。文章を書くことは面倒な作業であるけれど、これを仕事にしているわけだし、考えることは書くことよりは、幾分面白い。

そして考えながら、書いていく。僕はこう思う、ということをつらつらと文章に落としていく。その過程で、思いつくことがわりとあって、それが自分でも面白い、と思える点である。

諦めがなければ出力できない

一方で、これは書いてもわかってもらえないだろうな、という諦めを常に持っている。おそらく、文章を書く人間ならば必ず持っているはずだ。

「わかってもらう」にも、「賛同」「理解」「知る」などのレベルはあるが、それらすべてで、一〇〇パーセントの伝達はありえないことは自明だ。それでも、文章にしなくてはいけない。仕事だからという理由だけではなく、そもそもその諦めがなければ、出力ができないからだ。

自分が書いたものに執着すると、いつまでも原稿が手放せない作者になる。完璧なものを求めると、えてしてそういう状態になる。芸術家肌の人は、その傾向が強いだろうか。

完璧なものは、たしかに素晴らしいし、そういうものが書けたら、それは嬉しいだろう、と想像する。でも、人間はどんどん変化する（楽観的には、成長するといっても良い）。書いている間にも変化するから、書き始めたときと、書き終わったときで、もうだいぶ違っている。そんな状態で、完璧なものになんてなるはずがない。

諦めなければ作品は存在しない

僕の場合、一日に二時間（超過勤務）で一万二〇〇〇文字書くことができるので、この本くらいの文字数だと一週間で書き終わる。そして、しばらく寝かせておいて、後日また読み直しながら、文章を修正する。これにも同じく一週間ほどかかる。

それが終わったら、即座に編集者へメールで転送する。あとはゲラになった原稿を読みながら、校閲の指摘を参考にまた少しだけ修正する。これがもう一度繰り返され、再び修正する。このようにして、本が出来上がるのである。

一度書いたものを、のちほど読んでみると、「少し違うな」と感じることは多いが、書いた時点では自分はそう考えていたのだ、と「諦める」ことにしている。そうしないと、いつまで経っても、完成しない。完成しなければ、つまり出力しなかったことと同じになってしまう。

世の中に存在している作品は、すべて作者が諦めた結果なのだ。諦めなければ、世に出すこともなく、埋もれたままになる。それは、なかったことと同じ。

それも良いかもしれない。サグラダ・ファミリアみたいに、作り続けるしかないだろう。作者がとうに亡くなっているのに、完成しない。完成する途中から、どんどん劣化していく。そういうものが、いけないといっているのではない。ただ、サグラダ・ファミリアは、まだこの世に出現していない、と僕は感じる。

読者への影響は最初から諦めている

この本で少しわかってもらえたかもしれないが、僕は、自分の考えを出力しても、それと違う考えを否定しない。あなたの考えは間違っているから、考え直した方が良いですよ、という意味では書かない。ただ、僕はこうしている、こう考えている、と書く。他者への影響は、最初から諦めているからだ。

そして、本を読んで、どうするのか、自分はどう考えるのか、はあなたが決めることだ。否、べつに決めなくても良い。まったくの自由である。

繰り返すが、大事なのは、異なるものを認めることであり、自分と同じになってほしいと期待しないことである。

もうすっかり人生を諦めたはずなのに

諦めに諦めて完成させた小屋（ガゼボ）

　ところで、まえがきに書いた小屋だが、先月（二〇二〇年の一二月）に（塗装以外は）完成となり、今も書斎の窓からそれが見える。毎日（僕としては）命懸けで工事をしながら、小説を一作書いたし、年が明けてからすぐに本書を執筆した。

　だいたいいつも、秋から冬にかけて執筆することにしている。外で長時間遊べなくなるのを利用しているわけである。

　工作は休まず続けているので、毎日ガレージや工作室を行き来している。出来上がったものをすべて今も所有しているので、その置き場所として、とんでもないスペースが必要となっている。不足するごとに引っ越したり、建て増ししたりしてきた。そろそろまたまた限界に近づきつつあって、頭の痛いところである。作るものが大きいのがいけない。

子供の頃からの夢というか、やりたかったものは、たいていもうやってしまったので、思い残すことはないのだが、そのわりにやりたいことが後を絶たない。もうすっかり人生を諦めた人間なのに、健康に毎日活動していて、後ろめたくなるほどである。

二〇二〇年は、六〇年ほど昔の型式のクラシックカーを一台購入した。いちおうオーバホールされていて乗れる状態だが、いつ壊れるかわからないので、奥様（あえて敬称）もなかなか乗ってくれない。だから、犬を一匹乗せて、一人でドライブに出かけている。いつ動かなくなっても良いように、万全の準備をしていく（たとえば、寒さに耐える服装とか食料などを持参）。既に半年以上になり、何千キロか走行しているが、ギアチェンジが上手くできなくて、もたつくくらいの不具合しかない。先日はオイルを交換した。ブレーキがキィキィと鳴るし、雨の日は乗れないし、暖機運転が5分以上必要だが、特に問題はない。

最初から諦めてかかって、期待していないと、案外期待に応えてくれるものかもしれないな、と思った。

どうか、僕にも期待しないで下さい。

森博嗣を、諦めましょう。

森　博嗣　もり・ひろし
1957年愛知県生まれ。作家。工学博士。某国立大学工学部助教授として勤務するかたわら、96年に『すべてがFになる』(講談社ノベルス)で第1回メフィスト賞を受賞し、作家としてデビュー。以後、スカイ・クロラシリーズ(中央公論新社)、S&Mシリーズ、『馬鹿と嘘の弓』(いずれも講談社)などの小説から、『「やりがいのある仕事」という幻想』(朝日新書)、クリームシリーズ(講談社)などのエッセィまで、300冊以上の著書が出版されているが、仕事量は1日1時間以内と決めている。

朝日新書
827

諦《あきら》めの価値《かち》

2021年8月30日第1刷発行

著　者　森　博嗣

発行者　三宮博信
カバーデザイン　アンスガー・フォルマー　田嶋佳子
印刷所　凸版印刷株式会社
発行所　朝日新聞出版
〒104-8011　東京都中央区築地5-3-2
電話　03-5541-8832(編集)
　　　03-5540-7793(販売)

Published in Japan by Asahi Shimbun Publications Inc.
ISBN 978-4-02-295136-6
定価はカバーに表示してあります。
落丁・乱丁の場合は弊社業務部(電話03-5540-7800)へご連絡ください。
送料弊社負担にてお取り替えいたします。